ぶたのしっぽ

海緒裕 作
嶽まいこ 絵

講談社

ぶたのしっぽ

目次

一、趣味《しゅみ》は編《あ》みぐるみ

向かいの家から調子はずれのリコーダーの音が聞こえてくる、五月の日曜日だった。
部屋の窓《まど》から差しこむ光は、真夏の太陽並《な》みだ。Ｔシャツ姿《すがた》の腕《うで》が、じわじわ熱くなってくる。

豪太郎《ごうたろう》は、てのひらの汗《あせ》をタオルでぬぐいながら、学校では使ったことがない黒縁《くろぶち》メガネをかけて、淡《あわ》いピンクの毛糸にじっと視線《しせん》を注いでいた。

「いーち、にーい、さーん、よーん」

と、口の中で小さくカウントしながら、先の曲がったかぎ針《ばり》を右手で器用に動かす。鎖状《くさりじょう》の編み目の鎖編《くさりあ》みを十五目《め》編み、その鎖編みの二目《ふため》めにかぎ針を入れて、二本の糸を一度に引《ひ》き抜《ぬ》く細編《こまあ》みを十四目編む。一本の毛糸をかぎ針の先で操《あやつ》るにつれて、編み目がくるんくるんと形を変えていく。そのくるんくるんがなんとも愛らしい、ぶたのしっぽになるのだ。

「よーし、いい調子だぞ」

豪太郎の趣味《しゅみ》は、編《あ》みぐるみだ。

編みぐるみというのは、編み物で作った人形のことをいう。海外でも「Amigurumi」という言葉がそのまま通用するほど、グローバルな手芸だ。

が、豪太郎が編みぐるみを作っていることは、友だちには秘密《ひみつ》だった。

豪太郎は、はやる気持ちを抑《おさ》えて、最後の仕上げに気持ちを集中する。編みぐるみのぶたは、これまでもたくさん作ってきた。けれども、それぞれ雰囲気《ふんいき》はかなり違《ちが》っている。とりわけ、しっぽのできばえしだいで、編みぐるみの印象《いんしょう》は大きく変わる。ゆるくカーブしたしっぽのぶたは、つんと澄《す》ましているように見える。先っぽだけくるりとカールしたしっぽだと、おしゃれな感じのぶたになる。

今回は、きつめに細編《こまあ》みを編んで、くるくると何重にも丸まったしっぽにするつもりだ。これでおちゃめな、あいきょうのあるぶたができあがるはずだ。

昼下がりの日差しと豪太郎が発する熱気で、部屋の中はムンムンしている。

豪太郎は、身を清めるようにペットボトルの水を一口飲むと、かぎ針《ばり》を持つ指先に力をこめた。

そのとき、

「豪太郎、いる?」

部屋のドアが勢《いきお》いよく開いて、幼《おさな》なじみの花奈《はな》が飛びこんできた。

豪太郎は、机《つくえ》の上に広げられた毛糸やら編《あ》み図《ず》やら手芸用のはさみやらをさっとひとかきすると、机の下の紙袋《かみぶくろ》に落とし入れた。

「えっ。いま、なんか隠《かく》したでしょ」

花奈の真っ黒く日焼けした顔が、アップで迫《せま》ってきた。昔、いっしょに砂遊《すなあそ》びしていたころは、ゆでたての白玉みたいにつるんとした美肌《びはだ》だったのに。豪太郎はつい、

「わっ、黒っ！」

と、声をあげてしまった。すると花奈は、

「しょうがないじゃん。炎天下《えんてんか》のきつい練習で、UVカットどころじゃないんだから」

と、頬《ほお》をふくらませた。

花奈は、東浜中学校《ひがしはまちゅうがっこう》野球部のレフトで八番打者、二年生ながらレギュラー選手だ。ピッチャーをやっている豪太郎とは、チームメイトということになる。女子部員がひとりだけでは、さぞかしやりにくいだろうと思うが、当の花奈はまったく気にしていないようで、上半身裸《はだか》で汗《あせ》を拭《ふ》いている男子部員の横で、大口を開けておにぎりを食べたりしている。

「あのさあ、いつもいってるけど、黙《だま》って入ってくるなって」

机の下のぶたが気になってしょうがない豪太郎は、足先で紙袋をなでてあげるようにしなが

ら、花奈に文句《もんく》をいう。

「やだ、人聞き悪いことといわないでよ。ちゃんと玄関《げんかん》で、おばさんにあいさつして入ってきたわよ。紅葉《もみじ》ねえちゃんだって、あとでキャッチボールしようっていってくれたんだから」

「じゃなくて、この部屋入るときのこと。ノックぐらいしろよ」

紙袋《かみぶくろ》がガサッと音を立てた。

まさか、ぶたのからだにはさみが突《つ》き刺《さ》さったんじゃないか。豪太郎は、ますます落ちつかなくなる。

「ノック？　なんでよ。……そんなことより、数学の式の計算教えて。明日の小テストで二十点以下だったら、放課後補習《ほしゅう》なんだって。部活出られなくなっちゃうじゃん」

花奈は手にしていた数学の問題集を開いて、「はいっ」と豪太郎に突きつけた。

いつもながら、花奈の厚《あつ》かましさにはあきれてしまう。たまにはガツンといってやらねばなるまい。豪太郎がそう考えて大きく息を吸《す》いこんだとき、

「おーい、ごうたろーう。ちょっと店番頼《たの》むよー」

と、階下からとうさんの間延《まの》びした声が聞こえてきた。

豪太郎の家は、八百彦《やおひこ》という八百屋を営《いとな》んでいる。店番をしたあとで、てのひらにのせられるのは百円玉一枚《まい》。細かいのがなくて五百円玉のこともあるが、法律《ほうりつ》で定められた最低賃金《さいていちんぎん》の

十分の一にも満たない、ありえない労働条件《じょうけん》だ。

「いま、手が離《はな》せないんだよ。どうせお客さんなんて、たいして来ないんだから……」

ふくれっ面《つら》で文句《もんく》をいっている豪太郎を押《お》しのけるように、花奈がドアのすきまから部屋の外へ首を伸《の》ばして、

「はあーい。いま行きまーす」

と、気取った調子で答える。

「ちょうどよかったじゃん。店先で勉強教えてよ。おじさんにはほめられるし、あたしには感《かん》謝《しゃ》されるしで一石二鳥《いっせきにちょう》だよ。あっ、まだイチゴ売ってる？　少しもらってもいいでしょ」

花奈はそういって、バタバタと階段《かいだん》を下りていった。豪太郎は「チッ」と舌打《したう》ちして、そそくさと紙袋《かみぶくろ》の中を確認《かくにん》する。

よかった、ぶたにはさみは刺《さ》さっていなかった。

「豪太郎ー、お客さん来たよ。たけのこはありますかって」

「たけのこ？　たしか今朝、静岡産のでっかいのが入ったはずだけど」

反射的《はんしゃてき》に答えて、豪太郎も大急ぎで階段を駆《か》け下《お》りていく。なんでおれが店の仕入れ状況《じょうきょう》を把握《はあく》してるんだよと、もう一度舌打ちしながら。

さわやかな風が窓《まど》から流れこんでくる五時間目、学級の時間。

昼食後、ぽかぽかあたたかい窓際《まどぎわ》の席で、集中力を保《たも》ち続《つづ》けるのはむずかしい。現実《げんじつ》と夢《ゆめ》の世界を行き来していた豪太郎の耳に、倉橋《くらはし》先生の少しかすれた声が、急に大きく聞こえてきた。

「だからねー、二年生最大の学年行事は、この職場《しょくば》体験なんです」

「はい、またいった。この時間、二十三回目」

隣《となり》に座《すわ》っている樹《いつき》が、にやにやしながらノートの端《はし》に正の字の棒線《ぼうせん》を書き加えた。

二年二組の担任《たんにん》で、国語科担当の倉橋先生は、「だからねー」が口癖《くちぐせ》だ。樹たちは、倉橋先生が「だからねー」というたびに回数をメモして、毎時間終了後《しゅうりょうご》に先生に報告《ほうこく》しては盛《も》りあがっている。

豪太郎は倉橋先生の「だからねー」を聞くと、心があたたかくなる。

こっそり授業中《じゅぎょうちゅう》、「だからねー」を数えていることもあった。そういうときは樹に、「おい、一回少ないぞ」と教えたくなったりする。そんなことは気恥《きは》ずかしくて、一度もいったことはないが。

「できれば全員が、自分の興味《きょうみ》のある職場に行ってほしいんだけど、受け入れ先には人数の制《せい》約《やく》があります。だからねー、応募《おうぼ》多数の職場はくじ引きになります」

「二十四回目」という樹の声を耳の隅《すみ》で聞きながら、豪太郎はさっき配られた職場体験《しょくば》のプリントに視線《しせん》を落とした。

郵便局《ゆうびんきょく》、スポーツ用品店、コンビニ、弁当屋《べんとうや》、図書館、パン屋、美容院《びよういん》、自転車屋、工務店《こうむてん》、保育園《ほいくえん》……。さまざまな体験場所が並《なら》んでいるが、これというものがない。

豪太郎は幼《おさな》いころから、八百彦の三代目といわれて育ったが、八百屋を継《つ》ぎたいとは思わなかった。かといって、なにかやりたい仕事があるというわけでもないのだが。

「来々軒《らいらいけん》って、お昼にラーメン食べさせてくれるらしいよ。それも大盛《おおも》りで」

「パン屋さんは、おみやげに焼きたてパン、もらえるんだって。だから倍率《ばいりつ》がすごいみたい」

みんなが先輩《せんぱい》たちから仕入れた情報《じょうほう》を、口々にしゃべっている。

「そういう不純《ふじゅん》な動機はだめよー。実際《じっさい》にやりたい仕事を体験できる機会なんてめったにないんだから、しっかり考えて選びなさいね」

倉橋先生の話に耳を傾《かたむ》けながら、豪太郎はふと、

「動物愛護《あいご》センター」

という文字に目を留《と》めた。聞きなれない名称《めいしょう》に興味《きょうみ》を引かれて、センターの紹介文《しょうかいぶん》を読んでみる。

動物愛護《あいご》思想の普及《ふきゅう》、動物の適正飼育及《てきせいしいくおよ》び動物による危害《きがい》の防止《ぼうし》などの事業を実施《じっし》し、人と動物とが円満に共生《きょうせい》できる地域《ちいき》社会の実現《じつげん》を目指す。

堅苦《かたくる》しい文章だったが、豪太郎は「人と動物とが円満に共生できる地域社会」という部分に、強く引きつけられた。

「共生」という言葉は去年、道徳の時間に教わった。

老若男女《ろうにゃくなんにょ》や障《しょう》がいの有無《うむ》にかかわらず、すべての人が尊重《そんちょう》されて支《ささ》えあい認《みと》めあいながら、だれもが生き生きとした人生を送ることをいうのだそうだ。それを聞いたとき豪太郎は、胸《むね》の奥底《おくそこ》の硬《かた》く縮《ちぢ》んでいるところがほぐれて、心が軽くなるような気がした。どんな個性《こせい》も否定《ひてい》されることなく互《たが》いに認めあえるなんて、すごくいいなと思ったのだ。

「人と動物との共生か……」

豪太郎は、あごのあたりをちょんちょんつついていたシャーペンを握《にぎ》り直《なお》すと、プリントの第一希望の欄《らん》に、「動物愛護センター」と記入した。

第二希望はどうしようかと考えて、豪太郎はふと顔を上げた。すると、すぐ目の前のロングヘアが、窓《まど》からの風にさらりと揺《ゆ》れた。

漆黒《しっこく》というのだろうか。すりたての墨《すみ》の香りが漂《ただよ》ってきそうな、深い黒色だった。豊《ゆた》かな髪《かみ》はわずかなうねりもなく、肩甲骨《けんこうこつ》のあたりまでまっすぐに伸《の》びている。明るい日差しを浴びて、天使の輪がきらきら浮《う》かんでいた。豪太郎が背中越《せなかご》しにプリントをのぞきこむと、左手に持ったシャーペンの先に、「美容院《びよういん》」という文字が見《み》え隠《かく》れしている。

「豪太郎はどこにした？」

黒髪《くろかみ》がふわっとふくらんで、髪と同じ色をした大きな瞳《ひとみ》が振《ふ》り返《かえ》った。いきなり視線《しせん》があって、豪太郎はどぎまぎしてしまう。

「あ、おれ？　おれは、動物愛護《あいご》センターにしようかと思って」

「へえー、おもしろそう。おれは、美容院」

歩陸《あゆむ》が、顔にかかった髪を左耳にかけながらいった。するとすぐに、まわりの女子たちが反《はん》応《のう》する。

「ねえ、歩陸も美容院だって」

「えーっ、キモ！　じゃあ別のとこにしようよ」

豪太郎の耳の中で、ブーンという音が響《ひび》き出《だ》した。

女子のひそひそ話は、歩陸の耳にも届《とど》いたのだろう。歩陸はうつむいて、

「第二希望は図書館かな」

と小声でいうと、そのまま前の席に向き直った。

歩陸は二年生になって、二組に転入してきた生徒だった。

「父親の転勤《てんきん》で長野県から引《ひ》っ越《こ》してきた、野口《のぐち》歩陸です。前の学校は、一学年三十人の小さな中学校でした。この町にきて、コンビニがたくさんあってびっくりしました」

教卓《きょうたく》の前に立って笑った歩陸に、笑顔《えがお》を返す者はいなかった。クラスのみんなは、つややかな黒髪《くろかみ》をしてズボンをはいている歩陸を、好奇《こうき》の目でながめながらこそこそ話している。

「男？　女？」

「男だろ。女ならスカートじゃね？」

「でも、三年生でズボンはいてる女子いるし。あの髪は女でしょ。男子であんなキレイな髪、ありえないもん」

歩陸の横に立っていた倉橋先生は、教室中をぐるりと見渡《みわた》すと、

「歩陸くんは、前の学校では野球部のピッチャーだったそうよ。ね、歩陸くん」

と、歩陸の肩《かた》に手を置いた。

「くんだからやっぱ男か……」

だれかのつぶやきに、教室の空気が一気にゆるんだ。

座席《ざせき》は出席番号順だったので、野口歩陸のうしろが彦坂《ひこさか》豪太郎だった。

歩陸は明るい性格《せいかく》で、しょっちゅう豪太郎を振《ふ》り返《かえ》っては、あれこれ話しかけてきた。

「おれ、ここへ引《ひ》っ越《こ》してきて、生まれてはじめて海を見たんだ。感動したよ」

「長野では、じいちゃんばあちゃんと同居《どうきょ》してたんだ。じいちゃんちには、クーラーなんてなかった。ここは、全部の教室にエアコンが設置《せっち》されてるんだなあ」

「魚屋には、見たことのない魚がいろいろあったよ。そのかわり、八百屋の品ぞろえはイマイチだな」

長野に行ったことがない豪太郎には、歩陸の話はとても新鮮《しんせん》だった。話しているうち、豪太郎が好きなアニメを歩陸も好きなことがわかって、ふたりの距離《きょり》は一気に縮《ちぢ》まった。

歩陸が転入して数日たったある日、隣《となり》の席の樹が、豪太郎に耳打ちした。

「あんまり歩陸としゃべんないほうがいいよ」

けげんそうな顔で見返す豪太郎に、樹が告《つ》げた。

「あいつ、なんかキモイだろ。豪太郎が狙《ねら》われてるって、みんないってる」

豪太郎の耳の奥《おく》で、ブーンという音がしはじめた。続けて樹がなにかいっているが、よく聞きとれない。豪太郎の耳の中の雑音《ざつおん》は、どんどん大きくなっていった。

歩陸は、ふだん豪太郎がいっしょに行動している友だちと、とりたてて変わったところはなかった。長い黒髪《くろかみ》が、やたらと目立つだけだ。それが悪いことだなんて思っていないのに、豪太郎は樹の忠告《ちゅうこく》を無視《むし》することができなかった。

その日を境《さかい》に、豪太郎は自分から歩陸に話しかけることをしなくなった。


きのうの放課後のことだ。

豪太郎が教室でユニフォームに着替《きが》えていると、歩陸が近づいてきて、

「おれ、やっぱ野球部に入る。いつも放課後、練習見てるんだよ。野球がやりたくてたまんないんだ。これから顧問《こもん》の先生に話しに行くよ」

といい出した。豪太郎は、ストッキングをはいていた手を止めて歩陸を見た。歩陸は一途《いちず》な瞳《ひとみ》で豪太郎を見つめている。豪太郎は無言のままでうなずくと、歩陸と並《なら》んでグラウンドに向かった。

ふたりでグラウンドに出ていくと、野球部顧問のハラセンこと原口《はらぐち》先生は、すでにユニフォームを着て、部長の小山先輩《こやませんぱい》に練習メニューの指示《しじ》を出していた。

「野球部に入部したいんですが」

歩陸はハラセンのそばに駆《か》けよると、少し緊張《きんちょう》した面持《おもも》ちでいった。バットやボールの準備《じゅんび》をしていた部員たちの視線が、いっせいに集まる。ハラセンは歩陸を見て、露骨《ろこつ》に顔をしかめた。そうしてひとつ舌打《したう》ちすると、周囲《しゅうい》に響《ひび》き渡《わた》るような大声でいった。

「だめだ」

「どうしてですか」

「その髪《かみ》だ。最近はやれ多様性《たようせい》だ、自己決定権《じこけっていけん》だなどと、校則《こうそく》がないがしろにされているが、本来、男子の長髪《ちょうはつ》は禁止だ。ふつうの男子と同じように切ってくれれば、考えてやる」

歩陸は肩《かた》にかかった髪をさっと払《はら》って、ハラセンを見上げた。

「練習中はじゃまにならないように、きちんと縛《しば》ります。前の学校でも、それでなんの問題もありませんでした。それに、ふつうの男子と同じようにってどういうことですか。女子には許《ゆる》されてる髪型《かみがた》が男子には許されないって、おかしいです」

歩陸がそう反論《はんろん》すると、ハラセンは歩陸を威嚇《いかく》するように一歩踏《ふ》み出《だ》した。まわりでようすをうかがっていた部員たちが、はっと息をのむ。豪太郎も、肩にかけていたスポーツバッグのストラップを思わず握《にぎ》りしめた。

「そんな気味の悪い髪で、野球ができるはずないだろうが。野球だけじゃない、毎日の学校生活だってそうだ。男なら男らしい髪型で、ばりっと出直してこい！」

ハラセンがつばを飛ばしながら、そういい放った。歩陸は青白い顔でハラセンを見返し、大きく口を開いた。

が、歩陸は細く息を吐《は》いて、開いていた口を閉《と》じた。そして、

「わかりました」

とひとこと告《つ》げて、昇降口《しょうこうぐち》のほうへ走り去った。

「うわっ、危《あぶ》なかったぜ。歩陸が入部したらおれ、野球部やめるわ」

「たまにはハラセンもまともなこというなあ」

歩陸のうしろ姿《すがた》を目で追いながら、部員たちがひそひそ話していた。


部活が終わって、豪太郎が川沿《かわぞ》いの道を歩いていると、対岸の土手に歩陸が座《すわ》っているのが見えた。

草をむしっては、よどんだ川の流れに投げこんでいる。豪太郎は少し先の橋を渡《わた》って、歩陸が座っている場所へ引き返した。横に並《なら》んで腰《こし》を下ろすと、歩陸が顔を上げて、

「あ、豪太郎……」

と、小さくいった。

「あれからずっとここにいたのか」

歩陸がかすかにうなずく。黒髪《くろかみ》が、はらりと頬《ほお》にかかった。

豪太郎は去年、友だちに誘《さそ》われるまま野球部に入部した。だが、ほんとうは家庭部に入りたかったのだ。

入学時の部活動オリエンテーションで、豪太郎の目は、家庭部の発表に釘付《くぎづ》けになった。体育館のステージに上がった家庭部員が、豪太郎が作ったこともない大きな編《あ》みぐるみを手にしていたのだ。それは東浜中の制服《せいふく》を身につけた、男女二体の編みぐるみだった。

豪太郎はその日の放課後、さっそく家庭部をのぞきに行った。けれども、ミシン掛《が》けをしながら楽しげにしゃべっている女子部員たちの輪に、入っていく勇気はなかった。

「気にすんなよ。ハラセンって、ふたこと目には『男なら男らしく』っていうんだ」

歩陸は黙《だま》って、草をむしり続けている。

野球部顧問《こもん》のハラセンは社会科の先生で、野球は専門外《せんもんがい》だ。が、ハラセンによると、どんなスポーツでも、気合さえあれば極《きわ》められるという。

そんなハラセンのモットーは、「男らしくあれ」。その言葉は豪太郎にとって、ものすごく違《い》和感《わかん》があった。「男らしい」を辞書で引くと、「いかにも男であるといえるようすであること」と記されていた。わかるようでわからない言葉、それが「男らしい」だと豪太郎は思う。

「あっちの野球部、強かったの？　一学年三十人じゃ、部員集めもたいへんだよなあ」

豪太郎は、歩陸の横顔に話しかけた。少し先のでっぱった岩のところに、歩陸がむしった草が引っかかっている。歩陸は返事もせず、そこをめがけて石を投げていた。

しばらくして、歩陸が石を投げるのをやめて、自分の長い髪《かみ》に触《ふ》れた。

「おれの髪《かみ》、気持ち悪い？」

豪太郎は歩陸の目をじっと見つめて、首を左右に振《ふ》った。

「おれの自慢《じまん》なんだ。向こうの学校ではみんながほめてくれた。なんでここでは、キモイなんていわれちゃうんだろ。毎日ていねいに洗《あら》ってブラッシングして、フケなんか落ちてたこともないのに」

川風に遊ばれる歩陸の髪は、ほんとうにきれいだった。豪太郎は息を詰《つ》めるようにして、歩陸の黒髪に見入っていた。

「おれ将来《しょうらい》、渋谷《しぶや》で美容院《びよういん》を開きたいんだ。店の名前は、亜細亜《あじあ》の亜に優《やさ》しいに夢《ゆめ》で、亜優《あゆ》夢《む》って決めてる。髪の毛って、手入れをすればするだけきれいになるんだよ。髪型《かみがた》ひとつで、気持ちをリセットすることだってできる。その店でおれは、来てくれた人みんなを幸せにしてあげたいんだ」

豪太郎は、歩陸の夢《ゆめ》に素直《すなお》に共感できた。

でも、なにかが豪太郎の胸《むね》の奥《おく》で、暗くうごめいている。

「自分が一番好きで、一番自慢《じまん》に思っていることを否定《ひてい》されるのは悲しい。だけど、だれかの大切なものをそんなふうにしか見られない人は、もっと悲しいよ」

歩陸の言葉に、豪太郎の胸の中の闇《やみ》がはじけた。

豪太郎は歩陸から目をそらして、岩にせき止められた草をじっと見ていた。

二、はじめて見る顔

豪太郎《ごうたろう》の部屋でポテトチップスをぱりぱり食べながら、花奈《はな》がマンガを読んでいる。

その横で豪太郎は、机《つくえ》に向かって数学の宿題を解《と》いていた。

マンガに読みふけっていた花奈が、ふと顔を上げる。

「あんたさあ、動物愛護《あいご》センターなんて、マジで希望したわけ?」

豪太郎が「そうだけど」と応《おう》じると、花奈があきれたようにいった。

「あそこって、地味な制服着《せいふく》せられて、動物にエサやったり小屋の掃除《そうじ》したりするだけなんだって。毎年、来々軒《らいらいけん》やパン屋さんに落選した子たちがしぶしぶ行くとこらしいよ」

花奈の話に適当《てきとう》に相づちを打ちながら、豪太郎はてきぱきと問題を解いていく。早く宿題を終わらせて、編《あ》みぐるみを作りたい。

「あっ、そうそう」

豪太郎はX=6、Y=3と、連立方程式《れんりつほうていしき》の答えをノートに書いてから顔を上げた。

「倉橋《くらはし》先生が、『動物愛護《あいご》センターの参加予定者、豪太郎くんと篠田《しのだ》くんだけなの』っていってたけど、篠田って、二年になって一回も学校に来たことないんだよな。花奈は会ったことある？」

そう問いかけた豪太郎を、花奈はまじまじと見た。

「知らないの？　篠田くんって、ヤングケアラーなんだって。去年同じクラスだったけど、一日も来なかったよ」

ヤングケアラーか。最近よく耳にする言葉だ。

本来、大人がすべき家事や家族の世話を、日常的《にちじょうてき》に行っている子どものことらしい。豪太郎は、篠田の顔を見たこともない。そんな生徒が同じクラスにいたとは初耳だ。

「篠田くんが来るはずないよ。倉ちゃんが篠田くんとふたりっていったなら、実際《じっさい》はひとりだね。豪太郎、ひとりぼっちでお気《き》の毒《どく》だけど、動物の世話、たっぷりしてきてよ」

花奈はあごをぐっと上げると、ポテトチップスの袋《ふくろ》を口に当てて上下に揺《ゆ》すった。鼻の頭に、のり塩のかすがついている。

「花奈もポテトのつまみ食いなんかしないで、まじめにやってこいよ」

ハンバーガーが食べられるという理由で、花奈はハンバーガーショップを選んだという。

豪太郎は花奈を見ていると、うらやましくなることがある。

日本は男性優位《だんせいゆうい》の社会だといわれるが、中学校に入ってから豪太郎は、枠《わく》にとらわれず自由に生きているのは、むしろ女性のほうではないかと感じるようになった。

花奈は、男子ばかりの野球部にたったひとりの女子部員だが、嫌《いや》がらせをされたり、中傷《ちゅうしょう》を受けたりすることはなさそうだ。まわりからは、「ちょっと活発な女子」ぐらいに思われているのだろう。だが、もし男子生徒が、女子部員だけのソフトボール部に入部したらそうはいかないのではないか。きっと、なにか下心があるんじゃないかとか、あぶないやつだとか、妙《みょう》なうわさを立てられるに違《ちが》いない。

髪型《かみがた》ひとつとってもそうだ。歩陸《あゆむ》はすごくいいやつなのに、髪を伸《の》ばしているだけで奇異《きい》な目で見られてしまう。花奈は、刈《か》り上《あ》げスタイルだがけっこう評判《ひょうばん》がよくて、花奈のまねをして刈り上げにする女子もいるくらいだ。そもそも、花奈が野球部に入ることを許可《きょか》したハラセンが、歩陸の入部を許《ゆる》さないというのはおかしいように思う。

豪太郎は、歩陸のロングヘアに向けられた、ハラセンの冷たい視線《しせん》を思い返しながら、

「いいよなあ、花奈は。悩《なや》みなんかなくて。鼻の頭にのり塩つけて、お気楽だよな」

と、ため息をついた。すると花奈は、豪太郎を横目でにらんで、

「あたしにだって、悩みぐらいあるわよ。それを表に出さないんだから、あんたと違って人間ができてるってこと」

と、小鼻をふくらませた。

窓《まど》の外から、五時を告《つ》げる「夕焼け小焼け」のメロディーが流れてきた。週に二回は食卓《しょくたく》に上るカレーのにおいが、台所から漂《ただよ》いはじめる。

「まいどありーっ」

という、とうさんの威勢《いせい》のよい声が、階下の店先から聞こえてきた。


コンクリート塀《べい》からのぞく背《せ》の高い木に、オレンジ色のビワがたくさんなっている。細長い葉に囲《かこ》まれて重たげにぶらさがる実が、明るい日差しにつやつや光っていた。

「たしか、このへんだよなあ」

倉橋先生から手渡《てわた》されたメモに目を落としながら、豪太郎はあたりを見回した。

数日前の放課後、豪太郎は倉橋先生に呼《よ》び出《だ》されて、

「豪太郎くん。悪いんだけど、篠田くんの家に行ってもらえないかしら」

といわれた。

先生は日ごろから、まめに篠田の家庭訪問《ほうもん》をしているらしい。篠田はなかなか登校することができないので、せめて職場《しょくば》体験だけでもさせてあげたいというのだ。

「職場体験の話をしたら篠田くん、動物愛護《あいご》センターに興味《きょうみ》がありそうだったの。でも、さす

がに迷《まよ》ってるみたい。だからねー、豪太郎くんが誘《さそ》ってくれたら、思い切って一歩踏《ふ》み出《だ》せるんじゃないかと思ったのよ。豪太郎くんは部活が忙《いそが》しいから、無理かしらねえ」

倉橋先生はハスキーボイスでそういって、豪太郎を見上げた。

自分にできることがあるなら、力になってあげたいと豪太郎は思う。だけど、面識《めんしき》もないクラスメイトがいきなり訪《たず》ねていっても、かえって負担《ふたん》になるのではないだろうか。

「クラスの子がわざわざ来てくれたっていうことに、意味があるの。担任《たんにん》が行くより、ずっとうれしいはずよ。だからねー、お願いします」

倉橋先生の「お願い」を断《ことわ》ることなど、豪太郎にはできない。

豪太郎はテスト前で部活がない今日、重たいスポーツバッグを左右の肩《かた》にかけ替《か》えながら、バス通りから一本脇道《わきみち》に入った住宅街《じゅうたくがい》を歩き回っていた。

篠田の家に行くと決めたとき、豪太郎は歩陸を誘《さそ》ってみようと思いついた。

学校では歩陸となかなか話ができなかったし、ひとりで篠田を訪ねるのも少し不安だった。

そこできのう、豪太郎はトイレに向かう歩陸を追いかけてささやいた。

「明日、不登校の篠田の家に、職場《しょくば》体験の資料《しりょう》を届《とど》けに行くんだ。歩陸もいっしょに行かないか」

その瞬間《しゅんかん》、歩陸の顔が明るく輝《かがや》いた。久《ひさ》しぶりに見る、歩陸の笑顔《えがお》だった。

けれどもその笑顔《えがお》は、すぐにしぼんでしまった。

「おれといると、豪太郎までキモイっていわれるよ」

そのひとことで、豪太郎はなにも言葉を返せなくなった。


このあたりには、ウッドデッキやガーデンテーブルを備《そな》えた、こぎれいな家が建《た》ち並《なら》んでいる。どの家にも防犯《ぼうはん》カメラが設置《せっち》されていて、住居表示《じゅうきょひょうじ》をのぞきこみながらうろうろしている豪太郎は、なんだか落ちつかない。

そんなとき、えんじ色のレンガ造《づく》りの門柱に、

「ＳＨＩＮＯＤＡ」

という表札を見つけた。豪太郎は覚えたてのアルファベットを読むみたいに、一文字一文字ぼそぼそ声に出してみた。

やっぱり「篠田」だ。

明るいオレンジ色の屋根の庭先には、色とりどりの花が植えられ、近隣《きんりん》の家々にもまして洗練《せんれん》された雰囲気《ふんいき》だ。門の前の道路はきれいに掃《は》き清《きよ》められていて、枯《か》れ葉《は》一枚《まい》落ちていない。

豪太郎はちょっと意外な気がして、メモに記された住所と表札の下の住居表示とを、何度も見比《みくら》べた。

すると、ゆるくS字にカーブしたアプローチの奥《おく》のドアが、カチャリと開いた。

紺色《こんいろ》のTシャツを着て、メガネをかけた細身の男子が、背筋《せすじ》をぴんと伸《の》ばして豪太郎を見つめている。

豪太郎は、その場で飛び上がりそうになってしまった。

「あ、え、い……あ、あの、あの……」

しどろもどろになっている豪太郎を冷ややかな目で見ながら、篠田とおぼしき男子は、

「彦坂《ひこさか》豪太郎くん、どうぞ」

と、玄関《げんかん》ドアを大きく開けた。

涼《すず》しい風が吹《ふ》いてきて、篠田の前髪《まえがみ》をかき上げる。額《ひたい》から目元のあたりまでがあらわになった。アイドルとしてデビューできそうな、色白で整った顔立ちだ。おまけに、ものすごく賢《かしこ》そうだった。想像《そうぞう》とはまったく違《ちが》う篠田の姿《すがた》に、豪太郎はとまどってしまった。

そんな豪太郎を無言で見すえている篠田の瞳《ひとみ》が、チリッと光った気がした。豪太郎は慌《あわ》てて、

「よ、よくわかったなあ、おれが来たこと。あと、おれの名前」

と、愛想笑《あいそわら》いを浮《う》かべた。

すると篠田は、株価《かぶか》を読みあげるアナウンサーのように感情《かんじょう》のこもらない声で、

「モニターに映《うつ》っていました。それに、彦坂豪太郎くんが今日いらっしゃることは、倉橋先生からうかがっていましたし」

と、そっけなく答えた。

なんだか豪太郎は、むしょうに腹《はら》が立ってきた。作り笑いのひとつも見せない篠田にも、倉橋先生にいわれてのこのこやってきた自分にも。

豪太郎は、ドアの前で長い足をもてあますようにして立っている篠田の横をすり抜《ぬ》けて、

「失礼しまーす」

と、精《せい》いっぱい嫌味《いやみ》な口調でいって、玄関《げんかん》に足を踏《ふ》み入《い》れた。

そのとたん、豪太郎はふたたび飛び上がりそうになった。

玄関脇《げんかんわき》の棚《たな》の上に、編《あ》みぐるみが並《なら》んでいる。犬、猫《ねこ》、かえる、あひる。ぶたもあった。ペールオレンジの毛糸で編まれたぶたは鼻と耳がピンクで、つぶらな瞳《ひとみ》が愛くるしい。

「おれも編みぐるみ……あ、いや、すごくかわいい編みぐるみだなあ。だれが作ったの？」

必要なことだけ話してすぐに帰ろうと思っていたのに、豪太郎はついそんなことを口走ってしまった。

すると一瞬《いっしゅん》、篠田の眉《まゆ》がぴくっと上がり、表情に暗い影《かげ》が走った。

家族のことを聞くなんて、無神経《むしんけい》だった――。

うつむく豪太郎の耳に、篠田の平べったい声が聞こえてくる。

「倉橋先生に頼《たの》まれてしぶしぶ来たんでしょうけど、立ち話もなんだから入ってください」

縮《ちぢ》こまっていた豪太郎のからだが、かっと熱くなった。

しぶしぶとはなんだよ。貴重《きちょう》な部活の休みを返上して、わざわざ来たっていうのに……。

こいつとは仲よくなれそうにないなと心の中でつぶやいて、豪太郎はつやつや光るフローリングの床《ゆか》を、篠田のあとについて歩いた。

広々としたリビングも、すっきりと清潔《せいけつ》に整えられていた。

磨《みが》きあげられた黒いピアノには、レースのカバーがかけられ、テレビ横のカウンターには、黄色いバラが生けられていた。壁《かべ》には、にじんだような青緑の水辺に、まるい花がぽつぽつと浮《う》かんでいる油絵がかかっていた。

「どうぞ」

篠田が、てのひらを革製《かわせい》のソファーに向けた。

座《すわ》った瞬間《しゅんかん》、からだ全体がここちよく沈《しず》みこんで、豪太郎は「おおっ」と声をあげてしまった。そんな豪太郎を無表情《むひょうじょう》に見つめて、篠田も豪太郎の正面に座った。ひざの上で組んだ篠田の指は、細くて長くてしなやかそうだった。

「職場《しょくば》体験のこと、倉橋先生から聞いてるだろ。動物愛護《あいご》センターの参加予定者って、おれと

篠田だけなんだよな」

豪太郎はスポーツバッグの中から、さっそく資料《しりょう》を取り出した。

倉橋先生から渡《わた》された、センターの業務内容《ぎょうむないよう》が詳《くわ》しく記されたパンフレットや、職場《しょくば》体験の要項《ようこう》だ。篠田は見向きもしないだろうと思ったが、意外にも、センターのパンフレットを開いて、熱心に読みはじめた。

「動物、好きなの？」

今度は言葉を選んで、豪太郎はあたりさわりのない質問《しつもん》をした。

篠田の指先が、かすかに動く。

が、篠田はあいかわらず無言で、パンフレットに読みふけっている。

倉橋先生は、クラスの子がわざわざ来てくれたことに意味があるといっていた。篠田が職場体験に参加しようがしまいが、おれは、与《あた》えられた任務《にんむ》は果たしたってことだ……。

そう自分にいい聞かせて、豪太郎が腰《こし》を浮《う》かしかけると、篠田が突然《とつぜん》、

「当日は、いったん登校してからセンターに行くんですか、それとも現地集合《げんちしゅうごう》ですか。制服《せいふく》ですか、私服《しふく》ですか。弁当《べんとう》は持参するんですか。交通手段《しゅだん》はバスですか、もしくは自転車ですか。現金も必要ですか。ほかに持ち物はありますか。注意事項はなんですか」

と、矢継《やつ》ぎ早《ばや》に質問《しつもん》を投げつけてきた。

職場体験《しょくば》に参加するってことか？

豪太郎は大きく目を見開いて、混乱《こんらん》している頭の中を整理する。

倉橋先生によると、篠田は中学に入学してから、一度も登校したことがないという。そんな篠田が、いきなり学校行事に参加しようというのは、どういう心境《しんきょう》の変化なのだろう。これを機に登校するつもりなのか、それとも、無類の動物好きということか……。

篠田は、テーブルに置いてあったペンとメモ帳を手に取って、豪太郎を食い入るように見つめている。

豪太郎は目の前に広げられた資料《しりょう》の中から、職場体験の要項《ようこう》を抜《ぬ》き出《だ》した。

「このプリントに、集合時間とか注意事項とか細かく書いてあるから、一度読んでみてくれよ。それでもわからないことがあったら、倉橋先生に聞くかおれに電話して。あ、おれの携帯《けいたい》番号、ここに書いておくから」

豪太郎はプリントの端《はし》に、自分の電話番号をメモした。

篠田は十一けたの数字に視線《しせん》を走らせて、それを復唱《ふくしょう》するように小さく唇《くちびる》を動かした。それから、手にしていたペンをテーブルの上に置き、

「わざわざ来ていただいて、ありがとうございました」

と、深く頭を下げた。

こいつとは仲よくなれそうにないなどと考えたことを、豪太郎は少し反省した。いっしょに職場《しょくば》体験に行ったら、いろいろなことを話してみよう。もしかしたら、職場体験がきっかけとなって、学校へ足が向くようになるかもしれない。

照れ笑いを浮《う》かべて、豪太郎はうなずいた。すると篠田は、

「きっと今回の件《けん》で、倉橋先生の心証《しんしょう》がよくなりますよ。倉橋先生、美人でやさしいですからね。彦坂豪太郎くんだって、悪い気はしないでしょう」

と、冷笑《れいしょう》を返してきた。そうしてさっとソファーから立ち上がると、やっかい払《ばら》いでもするかのように、目線を玄関《げんかん》のほうに向けた。

豪太郎は、からだじゅうの血が逆流《ぎゃくりゅう》するような気がした。

なにかいい返したかったが、のども唇《くちびる》も震《ふる》えてしまって言葉が出てこない。

「ふっ、ふっ、ふっ……」

ふざけんなよ、のひとことがどうしてもいえなくて、ニヒルに笑っているみたいになってしまった。

豪太郎は顔を真っ赤にして、かたわらにあったスポーツバッグを乱暴《らんぼう》に肩《かた》にかけると、あいさつもせずに部屋を飛び出した。

豪太郎は走った。

まぶたの裏《うら》に張《は》りついた篠田の表情《ひょうじょう》や、耳の奥《おく》にこびりついた篠田の声を振《ふ》り切《き》るように、豪太郎は全力疾走《しっそう》した。篠田のペースに踊《おど》らされていた自分にも、我慢《がまん》ならなかった。

「ふざけんなよーっ！」

やっといえた。

あたり一帯に響《ひび》き渡《わた》る叫《さけ》び声《ごえ》に、腕《うで》を大きく振りながらウォーキングしていたおばさんが、ぎょっとした顔で振り返った。

三、ベンチのおへそ

和紙をちぎってぽんぽんと置いたような白い雲が、青空に浮《う》かんでいる。

今日は、職場《しょくば》体験の日だ。

「共生《きょうせい》」という言葉に引かれて選んだ動物愛護《あいご》センターだったが、なんだか豪太郎《ごうたろう》は気が重かった。篠田《しのだ》とふたりきりで一日過《す》ごさなければならないなんて、考えただけでも憂《ゆう》うつになる。豪太郎はもやもやした気持ちのまま、バス停《てい》までの道のりを歩いていった。

バスに揺《ゆ》られて、二十五分。

市街地を抜《ぬ》けて、東に連なる山並《やまな》みが大きく迫《せま》ってきたころ、

「次は動物愛護センター前」

というアナウンスが流れた。

豪太郎はブザーを押《お》して、バスを飛《と》び降《お》りた。篠田がこのバスに乗らなかったということは、やはり今日は欠席なのだろう。少しほっとしながら、豪太郎はすぐ目の前の建物に向かっ

た。

三階建ての屋根を覆《おお》い隠《かく》すように、濃《こ》い緑のうっそうとした木々が茂《しげ》っている。二階には動物たちが保護《ほご》されているのか、南側のベランダがぐるりと高い柵《さく》で囲《かこ》まれていた。

ふと見ると、入《い》り口脇《ぐちわき》にとまっているワゴン車の横に、篠田が立っていた。

制服姿《せいふくすがた》で、黒いリュックを背負《せお》っている。入学してはじめて身につけた制服なのだろう。プレスのきいたズボンが、新入生のようで初々《ういうい》しい。

「彦坂《ひこさか》豪太郎くん、おはようございます」

いくぶん緊張気味《きんちょうぎみ》にいって、篠田が頭を下げる。

「おはよう。もしかして、一本前のバス？」

どっちみち一日いっしょなら楽しくやりたい。豪太郎は、努めて明るい口調で尋《たず》ねた。

「いえ、二本前のバスです。はじめて訪《たず》ねる場所ですし、こちらからお願いしてうかがうのですから、早めに着いておくのが礼儀《れいぎ》だと思います」

むっとしたけれど、篠田のいうとおりだ。

約束の時間まであと五分。

豪太郎は篠田を急《せ》かして、センターの自動ドアに滑《すべ》りこんだ。

豪太郎と篠田は、さっそく花奈《はな》のいっていた地味なグレーの制服《せいふく》に着替《きが》えて、センター紹介《しょうかい》の映像《えいぞう》を視聴《しちょう》したり、所長さんの話を聞いたりした。

それから弁当《べんとう》を食べて、午後からは職員《しょくいん》さんの案内で、施設内《しせつない》を見学させてもらう。

職員さんによると、動物愛護《あいご》センターは以前、保護犬《ほごけん》や猫《ねこ》を「処分《しょぶん》するための施設」と認識《にんしき》されていたらしい。が、現在《げんざい》では、殺処分《さつしょぶん》ゼロを目指す「生かすための施設」へと生まれ変わったのだそうだ。

改築《かいちく》したばかりだというセンターは、外光をふんだんに取り入れられるように吹《ふ》き抜《ぬ》けが設《もう》けられ、中庭には色とりどりの花が咲《さ》いている。

入り口近くの白い壁《かべ》の上部には、「たったひとつのかけがえのない命」というスローガンが掲示《けいじ》されていた。その下に立てかけられている横長のボードには、「卒業おめでとう」という文字を囲《かこ》むように、犬や猫の写真がびっしり張《は》ってある。

「この子たちは、新しい飼《か》い主《ぬし》さんのところに、無事引き取られていったんですよ」

豪太郎たちと同じグレーの制服に身を包んだ男性《だんせい》職員さんが、まんまるい顔をほころばせて教えてくれた。

篠田はボードの前にかがみこんで、動物たちの写真に見入っている。

「このバニラっていう名前のチワワは当初、のべつ幕《まく》なしにほえるわかみつくわで、お手上げでした。飼《か》い主《ぬし》に、そうとう虐待《ぎゃくたい》されていたんでしょう。でも、いっしょに過《す》ごすうちに少しずつ心を開くようになってね。もらわれていく日は、わたしの腕《うで》から離《はな》れませんでした」

職員《しょくいん》さんが濃《こ》いもみあげをしごくようにしながら、しんみりとした口ぶりでいった。

卒業していった動物たち一匹一匹《いっぴきいっぴき》に、それぞれドラマがあるのだろう。豪太郎には、

「みんなしあわせになったよ」

というボードに書かれた文字が、跳《と》びはねて見えた。

「この犬たちをもとの飼い主に返してあげないのですか」

ふいに篠田が、職員さんに問いかけた。

抑揚《よくよう》のない声が、長く続く廊下《ろうか》に反響《はんきょう》する。職員さんが、動物たちの写真に触《ふ》れながら答えた。

「保護犬《ほごけん》のほとんどは、飼い主がわからない犬なんです。以前は飼い犬だったのに捨《す》てられてしまったり、迷子《まいご》になったまま飼い主が現《あらわ》れなかったり」

「迷子ってどこにいたんですか。ここに来たときはどんなようすだったんですか」

いきなり篠田が、早口でまくしたてた。

職員さんは、篠田の反応《はんのう》にちょっと驚《おどろ》いたようだが、ていねいに説明してくれた。

「それはね、個々《ここ》のケースによってさまざまです。公園にいた子、道端《みちばた》にうずくまっていた

子、木陰《こかげ》でぶるぶる震《ふる》えていた子もいます。いずれにせよ、どんな動物たちも、いろいろな心の傷《きず》を抱《かか》えて保護《ほご》されるのです」

豪太郎は、あらためて写真の動物たちに目を向けた。

どの子も、無邪気《むじゃき》な表情《ひょうじょう》を浮《う》かべている。こうなるまでには、職員《しょくいん》さんたちのたいへんな苦労があったのだろう。

篠田は落ちつきを取《と》り戻《もど》して、職員さんの話に聞き入っていた。そして、ふたたび動物の写真に目を向けて、

「いろいろな心の傷を抱えて保護される……」

と、聞き取りにくい声で繰《く》り返《かえ》した。

篠田は、動物愛護の意識《いしき》がものすごく高いのかもしれない。

豪太郎は、駅前広場で保護犬の譲渡会《じょうとかい》をしているのを見かけたことがある。それから、絶滅《ぜつめつ》の危機《きき》に瀕《ひん》しているゴリラやサイを保護する団体《だんたい》のことも、耳にしたことがあった。

篠田は、そういう活動に興味《きょうみ》があるのではないだろうか。そうでなければ、一度も着たこともない中学校の制服《せいふく》を身につけて、わざわざここには来ないだろう。

「でもね、傷は、癒《い》やすことができるんです」

職員さんがにっこり笑って、豪太郎と篠田をかわるがわる見た。

「人のやさしさは、傷《きず》ついた動物たちにも伝わります。心をこめて接《せっ》していれば、必ずあの子たちは変わるんです」

どこかで、

「キャーン、キャーン」

と、悲しげな犬の鳴き声がしている。あの犬も、前の飼《か》い主《ぬし》に虐待《ぎゃくたい》されて捨《す》てられたのかもしれない。

篠田は口を閉《と》ざしたままだった。掲示板《けいじばん》に張《は》られている動物愛護《あいご》のポスターを、端《はし》から順にじっくりながめている。

豪太郎は、篠田のうしろ髪《がみ》に、白髪《しらが》が数本交じっているのを見つけた。

「これから、新しい飼い主を待っている動物たちに、会いに行きましょう」

職員《しょくいん》さんの呼《よ》びかけに、篠田が振《ふ》り向《む》いた。

豪太郎は、篠田の顔色をうかがった。が、廊下《ろうか》の先の一点を見つめている篠田の瞳《ひとみ》からは、なんの感情《かんじょう》も読みとれなかった。

豪太郎と篠田は、階段《かいだん》を上がって二階へ向かった。

階段を上るにつれて、しだいに動物の気配が強くなってくる。二階には何組かの見学者がいて、小部屋に保護《ほご》されている犬や猫《ねこ》を熱心に見ていた。

職員《しょくいん》さんの肩越《かたご》しに、豪太郎も小部屋の中をのぞいてみる。

種類も大きさも違《ちが》う、さまざまな犬たちがいた。毛布《もうふ》の上で眠《ねむ》っている子もいれば、うろうろ動き回っている子もいる。豪太郎のほうに走《はし》り寄《よ》ってきて、鉄柵《てっさく》をひっかいている子もいた。

「ここにいるのは、いつでも譲渡《じょうと》できる子たちばかりです。かみついたり、むやみにほえたりすることはありませんよ。いっしょに部屋の中に入ってみましょう」

そう促《うなが》されて、豪太郎はギクッとした。

訓練されているとはいえ、心に傷《きず》をもつ保護犬のことだ。なにかの拍子《ひょうし》に襲《おそ》いかかってこないとも限《かぎ》らない。豪太郎はカギを開けて中に入っていった職員さんのうしろで、足がすくんで動けなくなってしまった。

「彦坂豪太郎くん、犬が怖《こわ》いんですか」

背中《せなか》で、篠田の冷やかすような声がした。

その瞬間《しゅんかん》、豪太郎の脳《のう》みそにスイッチが入る。

「こ、怖いはずないだろ」

豪太郎は胸《むね》をぐっと張《は》って、職員さんに続いて小部屋に入った。

するとすかさず、さっき鉄柵《てっさく》をひっかいていたこげ茶の柴犬《しばいぬ》が、豪太郎に向かって一直線に走ってきた。

「うわえっ！」

意味不明の言葉を発して、豪太郎は尻《しり》もちをつきそうになった。が、やっとのことで踏《ふ》んばって、

「やあやあやあ」

と、へっぴり腰《ごし》で柴犬の顔をのぞきこむ。

「どうやら彦坂くんは、ベンチにいたく気に入られたようですね」

職員《しょくいん》さんが豪快《ごうかい》な笑い声をあげて、ベンチと呼《よ》ばれた犬の頭をなでた。ベンチが激《はげ》しくしっぽを振《ふ》る。

「十二月の雨が降《ふ》る寒い日に、公園のベンチの下で保護《ほご》されたんです。しばらくは、なにか大きな音がするたびに、身をすくめて震《ふる》えていたものです。散歩にも行かず、部屋の隅《すみ》でうずくまっているばかりだったんですよ」

するとベンチが、いきなりごろりと仰向《あおむ》けになった。

白いおなかをさらして、こころもち首を傾《かたむ》けている。職員さんが「よしよし」といいながら、目を細めた。

「このしぐさは、通称《つうしょう》『へそ天』。おなかは犬の急所ですから、おへそを見せるのは飼《か》い主《ぬし》への信頼感《しんらいかん》のあらわれです。こんなふうになるまで、一年以上かかりました」

ベンチは目を閉《と》じて、うっとりとした表情《ひょうじょう》で両前足をちょこんと曲げている。あまりに無防《むぼう》備《び》なそのしぐさに、豪太郎はベンチのおなかにそっと触《ふ》れてみる。

すると、ベンチが片目《かため》を開けて、豪太郎に向かって赤く長い舌《した》をぺろりと出した。

「笑った！　ベンチがいま、たしかに笑った。な、な、な。篠田も見ただろ」

豪太郎は弾《はじ》かれたように振《ふ》り返《かえ》って、鼻息荒《あら》く篠田の肩《かた》を揺《ゆ》すった。

篠田は、何度かまばたきしながら豪太郎を見て、それからメガネの細いつるをキュッと持ち上げ、

「はい。笑いました」

と、しっかりうなずいた。

ふたりのやりとりに、職員《しょくいん》さんも笑《え》みを浮《う》かべる。

「痛《いた》みを知っているこの子たちには、ほんとうのやさしさがわかるんです。捨《す》てられてしまった犬だって、一匹一匹《いっぴきいっぴき》がかけがえのない個性《こせい》をもっているんですよ」

職員さんの話は、まっすぐ豪太郎の心に響《ひび》いた。

ベンチは転がったままで、濡《ぬ》れた舌を垂《た》らしていっしんに豪太郎を見上げている。そのよう

すを見ていると、豪太郎の頬《ほお》は自然にゆるんでいった。

そのあと豪太郎と篠田は、動物たちにエサをやったり小部屋の掃除《そうじ》をしたりした。

篠田は、無心に動物たちの世話をしていた。エサをやるのもフンを片《かた》づけるのも真剣《しんけん》そのものだった。ウサギにも、オカメインコにも、猫《ねこ》にも、どんな動物に対してもわけへだてなく、献身的《けんしんてき》に接《せっ》していた。

やはり篠田は、動物愛護《あいご》の高い志《こころざし》をもっているのだと、豪太郎はあらためて思った。


いつの間にか、西側の大きな窓《まど》から注ぐ日差しはやわらいでいた。

どこかで子どもたちの「バイバーイ」という声がする。職場《しょくば》体験も終わりの時間だった。

最後にもう一度、ベンチのいる部屋に入れてもらうと、ベンチが豪太郎のひざのあたりに飛びついてきた。豪太郎は、思わずベンチを抱《だ》きしめた。

「いつでもまた、遊びに来てください。わたしたちは、保護《ほご》される動物の現状《げんじょう》をたくさんの人たちに知っていただきたいのです。そして、ここにいる動物たちも同じ地球にすむ仲間であるということを、実感してほしいと思います。人と動物とが安心して共生《きょうせい》できるあたたかい社会、それがわたしたちの願いです」

所長さんがそう締《し》めくくった。

豪太郎は大きくうなずいて、グレーの制服《せいふく》をきれいにたたんで返却《へんきゃく》した。

帰りのバスの中で、豪太郎と篠田はほとんどしゃべらなかった。

篠田は日焼けしていない白い横顔を見せて、車の揺《ゆ》れに身を任《まか》せている。窓《まど》の向こうの街路《がいろ》樹《じゅ》の葉っぱが、大きく風になびいていた。

その風景に溶《と》けてしまいそうな篠田の顔を見ていると、豪太郎はなにか話さなくてはならないような気がしてきた。

「動物たちかわいかったな。おれ、ベンチを引き取りたいって、本気で思っちゃったよ」

豪太郎は篠田の表情《ひょうじょう》をうかがいながら、はしゃいだ調子で語りかけた。

篠田が、ゆっくりと時間をかけて振《ふ》り向《む》く。

「彦坂豪太郎くんは、ばか正直でピュアな人間のようですからね。ベンチにはそれがわかるのでしょう。しかし……迷子《まいご》はやはり、もとの家に帰るのが一番ではないでしょうか」

それだけ告《つ》げると、篠田は豪太郎との会話を拒否《きょひ》するかのように、口元を引《ひ》き締《し》めて窓の景色を見つめた。

糊《のり》のきいた、白いワイシャツの襟《えり》がまぶしい。

こうして篠田と並《なら》んでバスに乗っていることが、豪太郎にはとても不思議に感じられた。

ふたりを降《お》ろしたバスが、重たいエンジン音を残して走り去った。

豪太郎はバス停《てい》を右へ、篠田は左へとわかれていく。豪太郎が、

「じゃあな」

と、手を上げたとたん、ワイシャツのポケットに入れてあったシャーペンがポロリと飛び出して、そのまま側溝《そっこう》に落ちてしまった。

「うわっ、マジかよ！」

豪太郎はかがみこんで、格子状《こうしじょう》の銀色のふたを持ち上げようとしたが、びくともしない。

すでに歩き出していた篠田が戻《もど》ってきて、格子のふたのすきまから側溝の中をのぞきこむ。

「ああ、シャーペンですね。さいわい汚水《おすい》は流れていないようですが、このふたは素人《しろうと》には持ち上げられませんよ。容易《ようい》に動かせたら、子どもが落ちたりして危険《きけん》ですから」

「あのシャーペン、ばあちゃんから誕生日《たんじょうび》にもらったんだ。すごく使いやすくて、定期テストの守り神なんだよ」

メタルブルーのスタイリッシュなシャーペンが、側溝の底で鈍《にぶ》く光っている。豪太郎はあきらめきれずに、格子のふたに手をかけて何度も揺《ゆ》さぶった。

「市役所に相談すれば対応《たいおう》してくれるかもしれませんが、もう五時を過《す》ぎていますから閉庁《へいちょう》時

間でしょう。あとは、便利屋にでも来てもらうしかありませんね」

「便利屋なんか呼《よ》んだら、何万ってかかっちゃうだろ……はあーっ、しかたない。あきらめるしかないか。おれって、ほんとに不注意なんだよな」

豪太郎が未練がましく側溝《そっこう》をのぞいていると、篠田は黙《だま》って立ち去ってしまった。それでも豪太郎は、いつまでもその場を動くことができなかった。

「そこをどいてください」

しばらくして、頭の上から篠田の声が降《ふ》ってきた。

一メートルほどの木の枝《えだ》を二本、手にしている。篠田は、二本の枝を格子《こうし》のすきまから側溝の中に入れると、それを箸《はし》のように使ってシャーペンをはさもうとした。

「これを探《さが》しに行ってくれたのか」

篠田は豪太郎の問いかけには答えず、左右の手に持った枝を器用に動かした。何度かシャーペンをはさみかけるが、枝が短すぎてうまく持ち上げられない。

「うーん、もうちょっとなんだけどなあ」

舗道《ほどう》に座《すわ》りこんで見守る豪太郎が、もどかしそうにつぶやく。篠田は、枝を差し入れる角度を変えたりしながら繰《く》り返《かえ》し試みるが、あと少しというところでシャーペンは落下してしまう。

「もういいよ、篠田。ありがとう」

「ちょっと待っていてください」

側溝《そっこう》の脇《わき》に二本の枝《えだ》を置いて、篠田が走り出した。「どこ行くんだよ」という豪太郎の呼《よ》びかけを無視《むし》して、篠田の長い足はどんどん遠ざかっていく。

あとに残された豪太郎は、篠田が置いていった枝を側溝に突《つ》っこんで、なんとかシャーペンをはさもうとしていた。

十五分ぐらいたっただろうか。

慌《あわ》ただしい足音がして、豪太郎は顔を上げた。篠田が汗《あせ》びっしょりで、息を弾《はず》ませている。右手には園芸用の緑色の支柱《しちゅう》とガムテープを持ち、左手には懐中《かいちゅう》電灯を提《さ》げていた。

「これでいけるはずです」

篠田は自分の身長ほどもある支柱の先に、接着面《せっちゃくめん》を外側にしたガムテープを輪にして巻《ま》きつけた。側溝の中は、薄暗《うすぐら》くてよく見えない。篠田は、「これで照らしてください」と豪太郎に懐中電灯を渡《わた》すと、ふたのすきまから支柱をそっと落とし入れた。

するとあっけないほど簡単《かんたん》にガムテープにシャーペンがくっついて、メタルブルーのペンは、無事ふたの外に出てきた。

「やった！　サンキュー、篠田」

ほっと息をついている篠田の腕《うで》をつかんで、豪太郎は大喜《おおよろこ》びで叫《さけ》んだ。

篠田はにこりともせず、支柱《しちゅう》に巻《ま》きつけたガムテープをはがしながらいった。

「家にあったものを持ってきただけです。一銭《せん》もかかっていません」

「だけどここから篠田の家まで、けっこうあるだろ。わざわざありがとう。とにかくこのシャーペンは、ものすごく大事にしてたんだ。なんてったって、ばあちゃんからのプレゼントなんだから」

はがしたガムテープをポケットに入れて、篠田は豪太郎の顔を見た。

「おれのばあちゃんってすげえんだよ。蓬沢《よもぎざわ》でひとり暮《ぐ》らししてるんだけど、合気道三段《だん》の八十四歳《さい》。生け花の先生やってて、めちゃめちゃ元気。蓬沢って、同じ市内だけど自然がいっぱい残ってるんだ。ばあちゃんちの近くの川には、蛍《ほたる》もいるんだよ」

豪太郎がそういうと、篠田がなにか考えるような表情《ひょうじょう》を浮《う》かべた。手にした懐中《かいちゅう》電灯を、周《しゅう》囲《い》の雑草《ざっそう》に向けてちかちか点滅《てんめつ》させている。

「蛍の光、きれいでしょうね」

「うん。ちょっと感動しちゃうよ。さすがにそんなにたくさんはいないけど、このへんじゃ蛍なんて、なかなか見られないだろ」

篠田は、懐中電灯をつけたり消したりしながら、ぽつりとつぶやいた。

「見たいですね」

「来いよ」

反射的《はんしゃてき》に答えてしまって、豪太郎は慌《あわ》てた。篠田を蛍狩《ほたるが》りに誘《さそ》う義理《ぎり》はない。豪太郎はつま先でアスファルトを蹴《け》りながら、いいわけがましくいった。

「ほら、ばあちゃんからもらったシャーペン、救出《きゅうしゅつ》してくれただろ。だからと思ってさ。ばあちゃんの料理、すごくうまいんだ。よかったら、ばあちゃんの得意《とくい》料理のギョウザ、リクエストしておくよ」

「では、これからうかがいます」

「はっ？」

「急ですか」

急すぎるだろ。ばあちゃんの家までは、自転車で五十分はかかる。バスにしたって、こっち方面行きの最終は八時台に出てしまう。蛍を見てからでは帰れなくなる。

豪太郎がとまどっていると、篠田が懐中《かいちゅう》電灯のあかりを消していった。

「すみません。非常識《ひじょうしき》でした」

舗道《ほどう》に視線《しせん》を落とした篠田を見て、豪太郎は気づいた。

ヤングケアラーの篠田は、いつでも自由に外出できるわけではないのだ。今日は、なんとか都合をつけてここへ来たのだろう。次のチャンスは、いつになるのかわからない。

篠田の真新しいワイシャツが、しわくちゃになっている。支柱《しちゅう》を持つ白くて長い指先は、泥《どろ》で汚《よご》れていた。

豪太郎は軽くズボンをはたいて、わざと渋《しぶ》い顔をしていった。

「蛍狩《ほたるが》りは七月になってからのほうがいいんだけど、とりあえず行ってみるか。そのかわり、自転車で一時間近くかかるぞ」

篠田の表情《ひょうじょう》が明るくなり、口元から白い歯がのぞいた。篠田の笑顔《えがお》は、はじめてかもしれない。

「じゃ、着替《きが》えてすぐここに集合な」

豪太郎は、シャーペンをハンカチでぬぐってリュックの中にしまうと、ポケットから携帯《けいたい》電話を出してばあちゃんに電話をかけた。

四、蛍狩《ほたるが》り

ばあちゃんは突然《とつぜん》の訪問《ほうもん》を、こころよく許《ゆる》してくれた。

豪太郎《ごうたろう》はブルーのクロスバイク、篠田《しのだ》は大きな前かごがついたママチャリにまたがって、市内の北の端《はし》、蓬沢《よもぎざわ》にあるばあちゃんの家を目指す。

多くの人が帰宅《きたく》する時間帯で、駅前通りは混雑《こんざつ》していた。人波を縫《ぬ》うようにしてしばらく自転車をこいでいくと、鉄塔《てっとう》が建《た》ち並《なら》ぶ変電所が見えてきた。ここまで来ると、歩いている人の姿《すがた》もまばらになってくる。そうして七曲《ななま》がりの坂を越《こ》えると、あたりの景色が急に変わりはじめた。一面に水が張《は》られた田んぼが広がって、緑が深くなる。

さらに、自転車をこぐこと三十分。

鎮守《ちんじゅ》の森に囲《かこ》まれたうっそうとした神社の先に、黒い瓦屋根《かわらやね》がちらちら見えてきた。家の前の家庭菜園には、濃《こ》い紫色《むらさきいろ》をしたナスや、重たげにぶらさがるキュウリが栽培《さいばい》されている。

「着いたよ」

変速ギアもないママチャリをこぎ続けてきた篠田は、さすがにつらそうだ。が、額《ひたい》ににじむ汗《あせ》をぬぐいながら、

「意外に早く着きましたね」

と、強がりをいっている。

すると玄関《げんかん》の引き戸ががらりと開いて、ばあちゃんがひょいと顔をのぞかせた。

「遠くまでたいへんだったねえ」

ばあちゃんは、麻《あさ》の白いブラウスに、ライトグリーンのスリムなパンツをはいていた。ショートカットの髪《かみ》は明るい栗色《くりいろ》に染《そ》められていて、八十四歳《さい》にはとても見えない。

「突然《とつぜん》、こんな遅《おそ》い時間におじゃまして申しわけありません。彦坂《ひこさか》豪太郎くんと同じクラスの、篠田高樹《たかき》です」

篠田は、玉砂利《たまじゃり》を踏《ふ》みしめてばあちゃんに近づくと、腰《こし》を曲げて深々とお辞儀《じぎ》をした。

「あたしはひとり暮《ぐ》らしで退屈《たいくつ》してるから、お客さんはいつでも大歓迎《だいかんげい》よ」

ばあちゃんはにこにこしながら、きげんよく答えた。イケメンで礼儀正《れいぎただ》しい篠田は、好感度がかなり高そうだ。

だけどばあちゃんは、退屈なんかしていない。十年ほど前にじいちゃんが亡《な》くなってから、ばあちゃんはずっとひとりで暮らしているけれど、八十四歳のいまも自転車に乗って、あちこ

ち飛び回っている。おじさん夫婦《ふうふ》からは、同居《どうきょ》を勧《すす》められているのだが、

「いまさら同居なんて、お互《たが》い気をつかうだけだよ。あたしは蓬沢の生活が気に入ってるんだから」

といって、ここを離《はな》れようとしないのだった。

「さっき川辺を歩いてきたけどまだ光ってなかったから、ご飯を食べてからにしなさいよ」

「ばあちゃん、夕飯作ってくれたの？　おれ、腹《はら》ぺこなんだよ」

豪太郎は篠田を案内しながら、あめ色に光る廊下《ろうか》を通って部屋の中に入っていった。

八畳間《じょうま》の部屋からは、春先に替《か》えたばかりのい草《ぐさ》の濃《こ》い香りが立ちのぼってくる。

「畳《たたみ》の部屋、いいですね。うちはすべて洋間《ようま》ですから」

篠田は、天井《てんじょう》近くにまつられている神棚《かみだな》や、ヒノキの大黒柱を見回しながらいった。ばあちゃんは篠田にうなずきかけて、和室の障子《しょうじ》を大きく開け放った。

「同じ市内だとは思えないほど、ここには自然が残ってるでしょ。この庭には、キジが来ることもあるの。三月に鳴きはじめたウグイスが、いまも鳴いてるしね」

「とてもすてきなお庭ですね。クチナシにヒメシャラにヤマボウシにジャスミン。夜の闇《やみ》にも映《は》える純白《じゅんぱく》の花に、心が和《なご》みます」

「あら、ずいぶん詳《くわ》しいわねえ。中学生の男子にしては珍《めずら》しいわ。豪太郎は小さいときからこ

こに来てたから、いろんな植物を知ってるけど」

豪太郎は幼《おさな》いころ、友だちとうまく遊べなかった。

男子のあいだではやっていた、怪獣《かいじゅう》のソフビ人形が苦手だったのだ。「ギャオー」「グオー」といいあいながらソフビ人形を戦わせるたび、豪太郎の胸《むね》の奥《おく》はざらざらした。友だちといるのがいやだったのではない。お気に入りのアニメや、お笑い番組の話をするのは楽しかった。ただ、みんなが夢中《むちゅう》になっている遊びを、好きになれないのだった。

ばあちゃんは、いつもひとりで絵本を見ている豪太郎が心配だったのだろう。じいちゃんが亡《な》くなったばかりでいろいろたいへんだった時期、ばあちゃんは毎日のように豪太郎を迎《むか》えに来て、ばあちゃんの家へ連れていってくれた。

蓬沢には、カブトムシやクワガタが集まるクヌギの木がたくさんある。ホタルブクロやタチツボスミレなど、かれんな山野草《さんやそう》も多い。家庭菜園で収穫《しゅうかく》した新鮮《しんせん》な野菜を使って、ばあちゃんは豪太郎に簡単《かんたん》な料理を教えてくれた。庭に実ったブルーベリーを入れてパウンドケーキを焼くのも、豪太郎の楽しみのひとつだった。

そんな豊《ゆた》かな自然に囲《かこ》まれて過《す》ごすうち、花や草木が豪太郎の友だちになったのだ。

「ぼくはいつも家にいるので、庭仕事をよくするんです」

篠田は、なにげない口ぶりで答えた。

「それはいいわね。毎年開花する時季を覚えていて、けなげに咲《さ》いてくれる花を見ていると、ほんとにいやされるものねえ」

豪太郎は、さっきばあちゃんに電話をしたとき、篠田が学校に来ていないことをあらかじめ話しておいた。ばあちゃんもそこは心得《こころえ》ていて、さりげなく会話を続けてくれる。

「さ、おなかすいたでしょ。ご飯にしましょう」

突然《とつぜん》の訪問《ほうもん》にもかかわらず、ばあちゃんは手早く食事を作ってくれていた。「ありあわせのものよ」といいながら、テーブルにはおいしそうな料理が並《なら》ぶ。ニンニクたっぷりのギョウザ、コチュジャンとチーズ入りのポテトサラダ、コーンと卵《たまご》のスープ、ほうれん草とちくわのごまあえ。

篠田は「いただきます」と両手をあわせて、ばあちゃんの料理を一皿ずつじっくり味わった。

「どれもおいしいです。とくに、このポテトサラダが絶品《ぜっぴん》です。マヨネーズの酸味《さんみ》にコチュジャンの辛《から》さ、チーズのコクがあとを引きますね」

「このポテサラ、豪太郎も大好物なの。まだ冷蔵庫《れいぞうこ》に入っているから、たくさんめしあがれ」

篠田は「おいしい、おいしい」と繰《く》り返《かえ》しながら、山盛《やまも》りのおかずを残さず食べた。

「昼間はそこの縁側《えんがわ》に座《すわ》って、ばあちゃんが作ったでっかいおにぎりを食べるんだ。メジロやルリビタキが飛んでくるよ。七月中ごろの夜には、あっちの桜《さくら》の木でセミの羽化《うか》が見られる。終わるまで二、三時間かかるから、小さいころは途中《とちゅう》で寝《ね》ちゃったなあ」

豪太郎の言葉をばあちゃんが引き取って、

「またゆっくりいらっしゃいよ。セミの羽化なんて、見たことないでしょ。今度はなにを作ろうかしら。お好み焼きパーティーなんかも楽しそうね」

と、篠田にほほえみかけた。動物とお年寄《としよ》りには愛想《あいそ》がいい篠田を、ばあちゃんはすっかり気に入ったようだ。

「自然の風を感じながらいただくご飯は最高です。ついつい食べすぎてしまいました」

「やっぱり若《わか》い人が来てくれると、いろんな話ができて楽しいわねえ。もっとたくさん聞きたいけど、そろそろ蛍《ほたる》を見に行かないとね」

豪太郎と篠田は、ばあちゃんがいれてくれた濃《こ》いお茶を急いで飲んだ。

「懐中《かいちゅう》電灯と、虫よけスプレーを持っていくといいわよ」

「懐中電灯は持ってきましたが、虫よけスプレーまでは考えが及《およ》びませんでした」

篠田はちょっと悔《くや》しそうな顔をして、リュックの中からさっき使った懐中《かいちゅう》電灯を出した。

「ここでは、虫よけスプレーが必需品《ひつじゅひん》なんだ。アブやブヨだっているんだから。あっちの部屋の棚《たな》の上にあるから篠田、持ってきてよ」

豪太郎はそういって、食べ終わった食器を台所へ運びはじめた。

すると隣《となり》の部屋から、

「あれ、こんなところにひな人形がありますね」

という声が聞こえてきた。豪太郎は運んでいた皿を置くと、篠田の近くへ駆《か》けよった。

篠田は床《とこ》の間《ま》に置かれた、籐《とう》のかごを見下ろしていた。男《お》びなと女《め》びなと三人官女《さんにんかんじょ》がひとつのかごに、五人囃子《ごにんばやし》とふたりの随身《ずいじん》、三人の仕丁《しちょう》はまた別のかごに、そして屏風《びょうぶ》やぼんぼり、嫁入《よめい》り道具などのひな道具が、まとめて大きなかごに入っている。

「ずいぶん立派《りっぱ》なおひなさまですね」

「代々受《う》け継《つ》がれてる、由緒《ゆいしょ》あるものらしいよ。おれんちは狭《せま》くて、ガラスケースに入ったひな人形しか置けないから、ばあちゃんちで保管《ほかん》してるんだ」

「女びなと男びなの、高貴《こうき》なお顔がすばらしい。きっと、名のある職人《しょくにん》の手によるものでしょう。しかし、桃《もも》の節句《せっく》はとっくに過《す》ぎたのに、なぜおひなさまだけが、こんなふうに無造作《むぞうさ》に置いてあるのでしょうか」

篠田が、不思議そうな表情《ひょうじょう》を浮《う》かべている。豪太郎は、

「ああ、ばあちゃん、しまい忘《わす》れちゃったんだな。あとでいっとくよ」

といって、松の木が描《えが》かれたふすまをちらっと見た。

七段飾《しちだんかざ》りのものものしいひな壇《だん》は、庭の物置小屋にしまわれている。そして、この押《お》し入《い》れの中には、ダンボール箱を重ねてばあちゃんが手作りした、「ひな壇」が据《す》えられていた。その「ひな壇」には、豪太郎が作った大小さまざまな編《あ》みぐるみが、ずらりと並《なら》んでいた。

豪太郎は小学校四年生のとき、ばあちゃんの家で編みぐるみのムーミンを見つけた。しもぶくれの真っ白い顔に、少し離《はな》れた目。小さな耳と、ふさふさがついたしっぽ。この、ちょっととぼけたムーミンに、豪太郎は一瞬《いっしゅん》のうちに心を奪《うば》われた。ばあちゃん手作りのムーミンをてのひらにのせると、まるで生きているような感じがした。

編みぐるみは心の中の黒いもやもやを、まるごと引き受けてくれるかもしれない……。てのひらの上のムーミンを見て、豪太郎はそう思った。

「ばあちゃん、ムーミンの作り方教えて！」

その日から、豪太郎はばあちゃんに手取り足取り教わりながら、ムーミンの編みぐるみを作りはじめた。

ばあちゃんは、階段状《かいだんじょう》に三段重ねたダンボール箱に、ひな壇に敷《し》いていた緋毛氈《ひもうせん》をかけて、そこに完成したムーミンを飾《かざ》ってくれた。左右の足の長さが微妙《びみょう》に違《ちが》っていて、からだが右側に傾《かたむ》いているムーミンだった。編み目はゆるかったりきつかったりで、ぜんぜんそろっていない。何度もほどいて編《あ》み直《なお》した毛糸は毛羽立って、全体が薄汚《うすよご》れていた。それでも豪太郎にとっては、はじめて作った愛着のある作品だった。

それから豪太郎は、編みぐるみを作るたびに、この押《お》し入《い》れの「ひな壇《だん》」に飾《かざ》るようになった。いまではここはすっかり、豪太郎の編みぐるみギャラリーになった。


豪太郎は、松の木のふすまから目を離《はな》して、

「蛍《ほたる》って一、二時間しか光ってないんだ。早く行こう」

と、篠田の背中《せなか》を押して部屋を出た。

蛍がいる川辺までは、歩いて十分とかからない。

街灯のあかりの届《とど》かない未舗装《みほそう》の道を、ふたりは懐中《かいちゅう》電灯を照らしながら歩いていった。蛍が生息している場所だけあって、まだ九時前なのに人影《ひとかげ》はなかった。静まり返った小道に、ふたりの足音だけが妙《みょう》に大きく聞こえていた。

しばらくして豪太郎は、目の前に開けた川のほとりを指さした。

「あのあたりなんだ。だけど、今日は飛んでないなあ」

いつもならここに立つと、淡《あわ》い光がぼうっと点滅《てんめつ》しているのが見える。やはり蛍狩《ほたるが》りには、少し時季が早かったのかもしれない。

「彦坂豪太郎くん、あの光は……」

篠田が、遠くの草むらをじっと見つめている。豪太郎が目を向けると、黄色っぽい小さな光が、ふわりと浮《う》かんで消えた。

「蛍《ほたる》だ。行ってみよう」

ふたりは足元の雑草《ざっそう》を踏《ふ》みわけながら、急ぎ足で歩いた。近づくにつれて、生《お》い茂《しげ》る草むらの中の光が、ふたつみっつと増《ふ》えていく。

「これが、蛍ですか」

川に沿《そ》うようにして広がる田んぼのあぜ道にも、ちらちら蛍が舞《ま》っていた。篠田ははじめて見る蛍に、いっしんに見入っている。

「ここで蛍が見られること、だれにも教えてないんだ。ずっと大切にしたい場所だから」

篠田が豪太郎を振《ふ》り返《かえ》って、なにかいおうとした。が、そのまま黙《だま》って、蛍の光に視線《しせん》を戻《もど》した。

豪太郎と篠田は草むらの切《き》り株《かぶ》に腰《こし》かけて、ゆったりした呼吸《こきゅう》のリズムのように繰《く》り返《かえ》す蛍のまたたきを、長いことながめていた。

「蛍は生涯《しょうがい》のほとんどを、幼虫《ようちゅう》として水の中で暮《く》らすそうです。羽化《うか》してからは一、二週間の命。その限《かぎ》られた時間を、懸命《けんめい》に輝《かがや》きながら過《す》ごすのです。成虫としての寿命《じゅみょう》はとても短いですが、なんだかうらやましくなります」

篠田の視線《しせん》の先に、ずっと動かずに点滅《てんめつ》だけを繰《く》り返《かえ》している光があった。豪太郎はそれを見て、昔読んだ本を思い出した。

「『とべないホタル』って話、知ってる？」

篠田が首を横に振《ふ》った。豪太郎は、草むらの隅《すみ》の弱々しい光を見つめながら、『とべないホタル』のあらすじを話しはじめた。

「蛍《ほたる》の兄弟たちの中に、生まれつき羽が縮《ちぢ》んで飛べない蛍がいた。その蛍は、自分は仲間外れにされていると思っていたんだけど、ある日、人間の子どもにつかまりそうになったとき、一匹《ぴき》の兄弟が身代わりになってくれたんだ。つかまった蛍は無事に帰ってくるんだけど、そのとき飛べない蛍は、自分はみんなとは違《ちが》うけど、みんなが自分を大切に思ってくれている。ひとりぼっちじゃないんだって気づくんだ」

夜空には、白っぽい満月が浮《う》かんでいる。篠田の顔の半分が、月あかりに照らされていた。

「実際《じっさい》は、人間社会の中では、少しでも人と違う個性《こせい》は排除《はいじょ》されてしまいます」

篠田の冷めた声を耳にして、豪太郎は篠田に尋《たず》ねてみたくなった。

「髪型《かみがた》とかも、そうかな」

「髪型というと？」

「うちのクラスに、ロングヘアの男子がいるんだよ。すごくいいやつなんだけど、みんなに敬《けい》遠《えん》されててさ。髪型《かみがた》を変えれば、受け入れられるのかな」

篠田はこころもちあごを上げて、あぜ道を舞《ま》う蛍《ほたる》をながめている。蛍の光は、少しずつ減《へ》ってきていた。

「髪型は、変えるべきではありません。それが彼《かれ》のアイデンティティなのですから」

「アイデンティティ？」

「自分が自分であることの証《あかし》です。彼にとってロングヘアは、それほど大切なものなのです」

授業中《じゅぎょうちゅう》、黒板を見るたびに豪太郎の目に映《うつ》る長い髪。歩陸《あゆむ》は幼稚園《ようちえん》のときから、髪を伸《の》ばしているといっていた。そんな幼《おさな》いころから、ずっと大事にしてきた歩陸のアイデンティティ。歩陸が歩陸であることの証……。

「飛べない蛍の縮《ちぢ》んだ羽も、アイデンティティなんだろうな」

「アイデンティティは、必ずしも優《すぐ》れた特徴《とくちょう》だとは限《かぎ》りません。自分にとって、ある意味マイナスになるような要素《ようそ》も、アイデンティティなのです」

豪太郎は、篠田の言葉の意味をじっと考えていた。篠田も黙《だま》ったままだった。

しばらくして、篠田が腕時計《うでどけい》をのぞきこんだ。家のことも気になるのだろう。

「そろそろ帰るとするか」

豪太郎が立ち上がると、篠田も腰《こし》を上げた。

「今日は突然《とつぜん》、身勝手なお願いをしてすみませんでした。おかげで、貴重《きちょう》な体験ができました。……ぼくは『火垂《ほた》るの墓《はか》』を読んで、一度本物の蛍《ほたる》を見てみたかったのです」

篠田にいわれて、豪太郎は去年の夏休み、倉橋《くらはし》先生に勧《すす》められて読んだ『火垂るの墓』を思い返した。

戦争で孤児《こじ》となった兄と妹が、周囲《しゅうい》の人々に冷たくされながらも必死に生きていくのだが、ふたりとも、終戦後ほどなくして栄養失調で亡《な》くなってしまう。妹の遺骨《いこつ》のまわりを、無数の蛍が飛《と》び交《か》い、そして消えていくという話だった。

「あの小説、ちょっと苦手なんだ。妹の骨《ほね》をドロップの缶《かん》に入れて持ち歩くっていうのが、なんか怖《こわ》くてさ。どっちも蛍が出てくる話だけど、おれは『とべないホタル』のほうが好きだな」

これまでここで蛍を見ていても、豪太郎は『火垂るの墓』を思い出すことはなかった。だが、篠田の話を聞いたあとでは、蛍のほのかなまたたきが、亡くなった人の魂《たましい》みたいに思えてくる。

すっかり少なくなった蛍の光を目で追いながら、豪太郎は無意識《むいしき》に身震《みぶる》いした。

篠田はそんな豪太郎を横目で見て、

「彦坂豪太郎くんには、妹さんはいますか」

と問いかけた。

「いるよ。中一の妹がひとり。高校生のアネキもいるけど」

篠田はかすかにうなずいて、豪太郎を見返した。こんもり茂《しげ》る木々のすきまを、車のライトが流れていった。

「あの作品を怖《こわ》いという人は、ほんとうの痛《いた》みを知らない人です」

闇《やみ》に響《ひび》く篠田の言葉が、豪太郎の腹《はら》の底にずしりと沈《しず》んだ。

ほんとうの痛み――。

豪太郎には豪太郎の痛みがある。人にはいえない痛みだ。だけど、それが「ほんとうの痛み」といえるのかどうか、自分にもわからない。

「蛍《ほたる》も疲《つか》れたようですね。ぼくたちも帰りましょう」

いつの間にか、草むらにもあぜ道にも、蛍の光は消えていた。

豪太郎は、もう少し篠田と話してみたい気がした。

けれども、篠田は懐中《かいちゅう》電灯のスイッチを入れると、もと来た道を先になって歩き出した。

五、ミツバチの羽音

アパートの階段下《かいだんした》で、ぶち猫《ねこ》が顔を洗《あら》っている。

のんきにひげのあたりをこすっている猫をちらっと見て、豪太郎《ごうたろう》は肩《かた》に食いこむスポーツバッグを片手《かたて》で押《お》さえながら、学校へひたすら走り続けた。

今日は、隣町《となりまち》の中学校との練習試合だ。

ようやくグラウンドに到着《とうちゃく》して、プール横の時計を見上げると、六時五十八分。集合時間は六時半だった。

「おい豪太郎、今日先発なんだろ。遅刻《ちこく》なんてありえねえぞ!」

ラインカーをカラカラ引《ひ》っ張《ぱ》っていた部長の小山先輩《こやませんぱい》が、大声で怒鳴《どな》った。

「すみません。寝坊《ねぼう》しちゃいました」

豪太郎は野球帽《やきゅうぼう》を取って謝《あやま》ると、一年生がもたもた運んできたパイプ椅子《いす》を受け取って、バックネットの両脇《りょうわき》に手際《てぎわ》よく並《なら》べていった。

すると背後《はいご》で、豪太郎を呼《よ》ぶだみ声がした。

振《ふ》り向《む》くと、野球部顧問《こもん》のハラセンが、試合のときには必ず持参する真っ赤なスポーツタオルを首にかけて、小走りで近づいてきた。

「豪太郎、はじめての先発だ。気合入れていけよ。むこうの四番は、私立《しりつ》の強豪《きょうごう》高校からもスカウトの声がかかっている強打者だ。男らしく真《ま》っ向《こう》勝負で、しっかり抑《おさ》えていけ」

そういってハラセンは、豪太郎の肩《かた》に両手をガシッと置いた。グローブみたいにごつい指が、肩にめりこむ。

その髪《かみ》だ。ふつうの男子と同じように切ってくれれば、考えてやる――。

あの日、歩陸《あゆむ》に向けられたハラセンの言葉が蘇《よみがえ》ってくる。

ふつうって、なんだろう……。

あれから歩陸は、野球部のことはいっさい話さなくなった。あいかわらず歩陸は、クラスの中では浮《う》いた存在《そんざい》だ。

野球がやりたくてたまらない歩陸が野球部に入部できずに、ほんとうは野球なんかやりたくない自分が、今日の先発を任《まか》されている……。

「おい、なにぼけっとしてるんだ。先生の話、聞いてるのか！」

ハラセンの太い眉《まゆ》が、目の前に迫《せま》ってきた。豪太郎は、白い野球帽《やきゅうぼう》のひさしに手を添《そ》えて、

「はい、わかりました」

と頭を下げた。

試合は、東浜中《ひがしはまちゅう》先発の豪太郎と相手チームのピッチャーが好投して、一対一の同点のまま進んでいった。

五回表、対戦校の攻撃《こうげき》はツーアウト二、三塁《るい》。バッターは、ハラセンから忠告《ちゅうこく》があった四番打者だ。一塁が空いている。ここは敬遠《けいえん》して次の打者勝負でいこうと、豪太郎は作戦を練る。

ところが、キャッチャーの湯本先輩《ゆもとせんぱい》のサインは、真ん中低めのストライクだ。ハラセンは、敬遠がだいきらいなのだ。「男なら小細工しないで全力でぶつかっていけ」が、ハラセンの口癖《くちぐせ》だった。

ピッチャーとして、全力でぶつかっていくことはもちろんだ。だが、どうして男なら小細工をしてはならないのか。そんなふうにいわれるたび、豪太郎は割《わ》り切《き》れない気持ちになる。

初球、豪太郎はサインどおり真ん中低め、ただしワンバウンドになるボールを投げた。

バッターはそれを見送る。続く二球目は、外角に大きく外れるカーブ。バッターが、いらだたしげに豪太郎をにらみつける。だが、これは豪太郎の作戦どおりだ。相手ベンチからは、

「ヘイヘイ、ピッチャービビってるぞー」

というおきまりのヤジが飛ぶ。けれども、豪太郎はそんな挑発《ちょうはつ》には乗らず、グローブの中のボールをくるくる回していた。

と、ふいにその軟球《なんきゅう》が、いつか作った赤いリンゴの編《あ》みぐるみの感触《かんしょく》と重なった。背中《せなか》に一筋《ひとすじ》、ぬるっとした汗《あせ》が伝っていく。

マウンドに向かって押《お》し寄《よ》せていたヤジが、鼓膜《こまく》でひとかたまりになって一気に弾《はじ》けた。耳の奥《おく》でミツバチがうなるような音がしはじめる。ミツバチはどんどん数を増《ま》して、またたく間に豪太郎の耳は、ミツバチの羽音でいっぱいになった。

そのうちに指先がしびれて、ボールが握《にぎ》れなくなってしまう。

すると湯本先輩《せんぱい》が、審判《しんぱん》にタイムを要求してマウンドに走ってきた。

「おい、豪太郎どうしたんだよ、ぼーっとして。ストライク入らないし」

「……すいません」

豪太郎は、こわばった唇《くちびる》をどうにか動かした。そして、左右の耳たぶをもんでみる。それで、ミツバチの音が鎮《しず》まったことがあったのだ。

だが、今日はまったく効果《こうか》がない。

こんな状態《じょうたい》で投げ続けて収拾《しゅうしゅう》がつかなくなる前に、交代したほうがよいのではないか。

白っぽくかすむ目を、豪太郎はベンチに向けた。すると、

「豪太郎、逃《に》げないで男らしく勝負しろ！」

ミツバチの羽音を縫《ぬ》って、ハラセンのすごみのある声が聞こえてきた。

豪太郎がこぶしでまぶたをごしごしこすると、真っ赤なタオルを振《ふ》っているハラセンの姿《すがた》が、ぼんやり浮《う》かんだ。鮮《あざ》やかな赤色が、炎《ほのお》のように踊《おど》っている。

「力むなよ、豪太郎！」

「リラックス、リラックス！」

ベンチからチームメイトの声が、羽音をかき消すように響《ひび》いてきた。ミツバチがうなる音が遠くなっていくにつれて、豪太郎のからだは徐々《じょじょ》に軽くなっていった。

さっきまでぼやけていたバッターの姿が、くっきり見えてくる。

「ここ、踏《ふ》んばりどころだぜ。頼《たの》んだぞ」

ホームベースへ戻《もど》っていく湯本先輩の背中《せなか》に向かって、豪太郎は、

「敬遠《けいえん》は立派《りっぱ》な作戦です」

と、つぶやいてみた。

だいじょうぶだ、口は滑《なめ》らかに動く。

指先の感覚が蘇《よみが》って、ふたたびボールを握《にぎ》ることもできた。

豪太郎は帽子《ぼうし》を取って、審判《しんぱん》に頭を下げた。審判が右手を高く上げて、プレイ再開の合図を

する。

ボールカウントは、ツーボールノーストライク。豪太郎は、グローブの中のボールを握《にぎ》り直《なお》して、湯本先輩《せんぱい》のキャッチャーミットへ力いっぱい投げこんだ。

三球目の投球は、バッターの胸元《むなもと》よりかなり高めのボール球。これも、豪太郎が意図した球だ。豪太郎はふーっと大きく息を吐《は》いて、続いて四球目を投げた。

「ボール。フォアボール！」

野太い声が響《ひび》いて、審判《しんぱん》がさっと一塁《るい》方向を指さした。バッターが不満げな表情《ひょうじょう》で、ファーストベースへ走っていく。

ツーアウト満塁。

相手チームは大騒《おおさわ》ぎだ。ベンチの声援《せいえん》を受けて、五番打者がバッターボックスに入る。一球目、豪太郎は湯本先輩が構《かま》えるミットの位置に、ぴたりと直球を投げた。力んだバッターの打球は、ピッチャーゴロ。豪太郎が軽快《けいかい》にさばいて、ピンチを切《き》り抜《ぬ》けた。

その後、五回裏《うら》に東浜中は二点を入れ、そのままリードを守って三対一で勝利を収《おさ》めた。格《かく》上《うえ》のチームに勝ってみんな興奮《こうふん》していたが、試合後のミーティングでハラセンは、

「試合に勝って勝負に負けた」

と、苦言を呈《てい》した。五回表のフォアボールが、よほど腹《はら》に据《す》えかねたらしい。

どこかでカエルが、ひからびたような声で鳴いている。

雲ひとつなく晴《は》れ渡《わた》っているが、明日は雨になるのかもしれない。豪太郎は空をながめながら、汗臭《あせくさ》いユニフォームのままで帰りを急いでいた。

「豪太郎ー」

いきなり、背後《はいご》で声がした。

振《ふ》り返《かえ》らなくてもだれだかわかる。豪太郎は、聞こえないふりで歩き続けた。

「あのフォアボール、わざとでしょ」

今度は足を止めて、大きく振り返った。

花奈《はな》のぱっちりした瞳《ひとみ》が、とがめるように豪太郎を見ている。カエルの鳴き声がいっそう激《はげ》しくなって、花奈に味方しているようだ。

「敬遠《けいえん》は後ろめたい行為《こうい》じゃないんだ。結果的に勝ったんだから、なにも問題ないだろ」

部屋で、作りかけの編《あ》みぐるみが呼《よ》んでいる。豪太郎は一刻《いっこく》も早く家に帰りたくて、気が急《せ》いてしょうがない。

「ちょっとばかり運動神経《しんけい》がいいからって、調子に乗らないでよね。野球はチームプレーなんだよ。監督《かんとく》の指示《しじ》に従《したが》えないやつがひとりでもいると、チームの輪が乱《みだ》れるんだから」

豪太郎が野球部に所属《しょぞく》しているのは、世を忍《しの》ぶ仮《かり》の姿《すがた》だ。

完投勝利をあげてほっとしたが、達成感はなかった。かといって豪太郎は、いい加減《かげん》な気持ちで投げているのではない。試合だって出るからには勝ちたいと、いつも真剣《しんけん》勝負しているつもりだ。

「監督《かんとく》の指示《しじ》にはできる限《かぎ》り従《したが》ってるよ。だけど、自分が納得《なっとく》できない作戦には、おれは断固《だんこ》として抵抗《ていこう》するんだ」

「豪太郎って、変なとこ頑固《がんこ》なんだよね。断固として抵抗なんて、大げさすぎない？」

花奈がスポーツバッグの中からグミを出して、口の中に放りこんだ。

豪太郎にもひとつ投げてよこしたが、豪太郎は食べずにそのままポケットに入れた。

「ほら、そういうとこ。グミくらいみんな食べてるんだから、べつにいいじゃん」

そんなことは、花奈にいわれなくてもわかっている。なんといってもこの頑固さは、ばあちゃん譲《ゆず》りなのだから。

ばあちゃんのことを思い出したら、急にばあちゃんに会いたくなった。このあいだの蛍狩《ほたるが》りのお礼も、まだ伝えていない。

「急用を思いついたからまたな」

豪太郎は花奈に手を振《ふ》ると、スポーツバッグを抱《かか》えて、アスファルトの道を駆《か》け出《だ》した。

「えーっ、数学のプリント、写させてもらおうと思ってたのに！」

豪太郎のうしろ姿《すがた》に、花奈がチーム一の大声で叫《さけ》んだ。

走っているうちに豪太郎は、なんだかお尻《しり》のあたりがもたつくことに気がついて、はっと立ち止まった。

しまった！　尿《にょう》もれパッドをつけたままだ。

試合中は、尿もれパッドをつけた腰回《こしまわ》りが不自然にふくらんでいないか気になって、たびたびお尻に触《ふ》れて確認《かくにん》していた。が、はじめての先発で完投勝利を収《おさ》めて、緊張《きんちょう》の糸が切れたのだろう。いつもなら試合後、すぐにトイレの個室《こしつ》で外す尿もれパッドが、つけっぱなしのままだった。

豪太郎は、まわりに人がいないかたしかめて、さりげなく股下《またした》に手を当ててみた。もこもこした、なまあたたかいような感触《かんしょく》が、指先に伝わってくる。両足を軽く開いて前かがみになり、鼻の穴《あな》を大きく開いて息を吸《す》いこむ。酸《す》っぱい臭《にお》いが、鼻先をかすめた気がした。

背中《せなか》がひやりとする。

豪太郎は今日の試合を、一回の表から順に振《ふ》り返《かえ》ってみた。

漏《も》らしてしまったという場面は、思いあたらなかった。それから、チームメイトの表情《ひょうじょう》を、ひとりひとり思《おも》い浮《う》かべてみる。自分に向けられた視線《しせん》が、いつもと違《ちが》うと感じた覚えもない。

目の前がぐるぐる回りはじめる。

豪太郎は奥歯《おくば》をきつくかみしめると、人影《ひとかげ》のない歩道を全力で走った。

家へたどり着いて自分の部屋に駆《か》けこむとすぐに、豪太郎は尿《にょう》もれパッドを外した。パッドは思ったほど濡《ぬ》れていなかった。においもそれほどではない。試合が終わってほっとしたときに、少しだけ漏らしてしまったのかもしれない。それでもパッドを下ろした瞬間《しゅんかん》、じめっとした不快感《ふかいかん》がなくなってすっきりした。

豪太郎は使用済《しようず》みのパッドを、ビニール袋《ぶくろ》を三重にして始末した。これを、毎週火曜日か金曜日の燃《も》えるごみの収集日《しゅうしゅうび》に、こっそり捨《す》てるのだ。それまでは、ベッドの下の奥深《おくふか》くに隠《かく》しておかなければならない。

つけていたパッドを外してビニール袋に入れる、ただそれだけのことで、豪太郎はぐったり疲《つか》れきってしまう。

小学校のころは夜、ときどきふとんを濡らしてしまう程度《ていど》だった。だが、中学生になると状《じょう》況《きょう》が悪化した。友だちとホラー映画《えいが》を見たり、銃《じゅう》やミサイルで相手を倒《たお》すシューティングゲームをしたりするときは、いくら気をつけていても漏《も》らしそうになる。そのうえ最近では、野球の試合がある前日の就寝時《しゅうしんじ》と試合中にも、漏らしてしまうことがあった。だから豪太郎にとって、尿《にょう》もれパッドは必需品《ひつじゅひん》なのだ。

ゲームセンターや映画館で、さっきのような激《はげ》しい耳鳴りに襲《おそ》われることもあった。ひどいときには、めまいや頭痛《ずつう》が起こることもある。

「徹夜《てつや》するはずだったのになあ……」

ぎゅっとつぶして丸めたパッドを見ながら、豪太郎はつぶやいた。そして、昨晩《さくばん》のことを思い返してみる。

豪太郎の愛読書である「あむあむライフ」には毎号、編《あ》みぐるみの作り方の手順を示《しめ》した編み図が載《の》っている。豪太郎はそれを見ながら、ウサギやペンギンやダックスフントなどを作ってきた。

二、三週間前のこと。

豪太郎は、テレビでオカピという動物を知った。小型《こがた》の馬ほどのからだは褐色《かっしょく》で、前足と後ろ足に縞模様《しまもよう》がある。それを見たとたん、「オカピを作りたい」という思いがわいてきた。そこで、インターネットでオカピの編み図を検索《けんさく》してみたが、どれもイマイチだった。だから自分で編《あ》み図《ず》を作ることにしたのだ。めんどうな作業だが、これがまた楽しい。オカピの写真を見ながら編み図を作製《さくせい》することに、豪太郎はすっかり夢中《むちゅう》になってしまった。

昨夜も、自作の編み図に従《したが》ってオカピを編んでいて、

このまま徹夜《てつや》しちゃおうか……。

と、いう考えがふいに頭に浮《う》かんだ。

先発前夜の徹夜はさすがに不安だったが、パッドから尿《にょう》が漏《も》れて、夜中にふとんを濡《ぬ》らしてしまったときの、あの絶望感《ぜつぼうかん》を思えばなんでもない。豪太郎は徹夜を決意して、編みぐるみ作りに集中した。けれども、深夜二時を過《す》ぎるころになると猛烈《もうれつ》な睡魔《すいま》が襲《おそ》ってきて、知らぬ間に豪太郎は、机《つくえ》に突《つ》っ伏《ぷ》してしまったのだ。

明け方、気づくと部屋着のスウェットは、ぐっしょり濡れていた。

急いでスウェットを洗《あら》ってベランダに干《ほ》し、周囲《しゅうい》をぞうきんがけした。そうして家を出たときには、すでに試合の集合時間の六時半を過ぎていた。

あれこれ考えていると、またミツバチの大群が攻《せ》めてきそうだ。

「そうだ、ばあちゃんちに行くんだった！」

豪太郎は、そういって立ち上がった。すると、計ったようなタイミングで、

「おーい、ごうたろーう。ちょっと店番頼《たの》むよー」

という、おなじみの呼《よ》び声《ごえ》が聞こえてきた。豪太郎は部屋のドアを開けて、思いっきりふきげんそうな声を出す。

「いま、ばあちゃんちに行くとこ。店番だったら、たまには紅葉《もみじ》ねえちゃんか葉月《はづき》に頼んでよ」

「ほらあれだ、今日は、葉月のピアノの発表会だっていうんで、葉月と紅葉とかあさんとで出かけたんだ。で、とうさんもちょっくらのぞいてこようと思ってな。あ、おまえもいっしょに行くか？　だったら臨時《りんじ》休業にするぞ」

冗談《じょうだん》じゃない。いつだったか、ピアノの発表会で葉月がステージに上がったとたん、とうさんが「よっ、日本一！」と叫《さけ》んで、家族全員、顔から火が出る思いをしたことがあったのだ。

「わかった。店番するよ……」

ばあちゃんが作ってくれる、でっかいおにぎりが遠ざかっていく。

豪太郎は、階下のとうさんに届《とど》けとばかりに大きなため息をつくと、のろのろと階段《かいだん》を下りていった。

六、モデルロケット

期末テストが終わるとすぐに、夏の大会がはじまる。

三年生の先輩《せんぱい》たちにとっては最後の公式戦だ。顧問《こもん》のハラセンはいつも以上に気合が入っていて、

「大会までの朝練は即《そく》、バッティング練習からはじめる。ウォーミングアップは、自主練として各自すませておけ」

と、いきなり野球部員たちにいい渡《わた》した。

部員たちは、「マジかよ。五時半起きじゃん」などと文句《もんく》をいいながらも、おのおのストレッチや走りこみを行ってからグラウンドに集合した。

「そういえば二組のロン毛のやつ、転校したんだって?」

朝練が終わり、グラウンドにトンボをかけてならしているとき、同じ二年生ピッチャーの海《かい》斗《と》が、ふと思いついたように豪太郎に尋《たず》ねた。

豪太郎の耳の奥《おく》で、またミツバチの羽音がしはじめる。

三日前のことだった。

朝、登校して、豪太郎が机《つくえ》の中に教科書をしまおうとすると、折りたたんだ紙が入っているのに気づいた。四つ折りの紙をひざの上で開いてみると、

おれだけ長野のじいちゃんちに戻《もど》ることにしました。

三か月間ありがとう。豪太郎とはアニメの話、もっとしたかった。

渋谷《しぶや》の「亜優夢《あゆむ》」に、きっときてくれよ。

歩陸《あゆむ》

と、書いてあった。

豪太郎は、「歩陸の髪《かみ》の毛《け》、きれいだな」といえなかったことが、悔《く》やまれてならなかった。クラスのみんなは、歩陸の転校についてあれこれうわさ話をしていたが、歩陸が残した手紙を何度読み返しても、真相はわからなかった。

「豪太郎、あいつにつきまとわれてたんだってな。無事でなによりだよ」

海斗の声を遠く聞きながら、豪太郎は西の空を仰《あお》いだ。

頂《いただき》に白い雪をほんの少しだけかぶった富士山《ふじさん》が、ぼんやりかすんでいる。歩陸は、長野からながめる富士山はもっととがって見えるんだ、といっていた。

「亜優夢」に行くよりも前に、とがった富士山を見に行かなければと、豪太郎は思った。


五時間目は、全校生徒が体育館に集まって、夏の大会の激励会《げきれいかい》が行われた。

これからはじまる大会を前に、登録メンバーがユニフォーム姿《すがた》で意気ごみを述《の》べる。色とりどりのユニフォームを着て、少し恥《は》ずかしそうに体育館前方に控《ひか》えている各部の選手たちに交じって、野球部は白いユニフォームに紺《こん》のアンダーシャツという、地味な出《い》で立《た》ちだ。

「次は野球部です。選手のみなさんは、ステージに上がってください」

司会の生徒会役員の呼《よ》びかけで、壇上《だんじょう》に並《なら》んでいた卓球部《たっきゅうぶ》の選手と入《い》れ替《か》わりに、野球部員たちがステージ上へと移動《いどう》する。全校生徒の視線《しせん》がいっせいに自分に向けられているような気がして、豪太郎は知らず知らずのうちに小走りになってしまう。

今日も豪太郎は、尿《にょう》もれパッドをつけていた。

たくさんの生徒たちに注目されるのだから、さすがに緊張《きんちょう》する。けれども、尿もれパッドをつけているのは、緊張のあまり漏《も》らしてしまうからではない。同じように多くの人たちの前に立つ、合唱コンクールや弁論《べんろん》大会などでは、豪太郎はパッドをつけない。「自分ではない自分」になりきるときだけ、尿《にょう》もれパッドの助けが必要になるのだ。

小学生のころ豪太郎は、かあさんの勧《すす》めで受診《じゅしん》した漢方医に、「膀胱《ぼうこう》の筋肉《きんにく》を強める漢方薬」と、「自律神経《じりつしんけい》を整える漢方薬」と、「尿量を調整する漢方薬」を処方《しょほう》された。苦い薬をココアに混《ま》ぜて一年間飲み続けたが、効果《こうか》はなかった。

中学生になって、昼間でも漏《も》らしてしまうようになってから、豪太郎は尿もれパッドを使いはじめた。月に数回程度《ていど》のことだったが、パッドをつけるときはいつも、ひどくみじめな気持ちになる。自分は生まれたばかりの赤《あか》ん坊《ぼう》と同じじゃないか、と。

豪太郎はふと、野球部をやめたらパッドは必要なくなるのだろうか、と考えた。


部長の小山先輩《こやませんぱい》が、ステージ上に整列した部員たちを見回して、「気をつけ、礼!」と号令をかけた。

「ぼくたち野球部は県大会出場を目標に、朝練、午後練、休日の練習を精《せい》いっぱいがんばってきました。三年生最後のこの大会は、一球入魂《いっきゅうにゅうこん》の精神で、どんなプレーも気を抜《ぬ》くことなく、全力でぶつかっていきます。みなさん、応援《おうえん》よろしくお願いします」

小山先輩があえてマイクを使わずに、選手宣誓《せんせい》みたいな口調で語った。先輩《せんぱい》の強い思いが伝わってくる。去年の大会では、豪太郎は登録メンバーには入っていなかった。去年の夏とはまた違《ちが》った緊張感《きんちょうかん》が、豪太郎の全身を包んだ。

すべての部の発表が終わったあとで、生徒会長がステージに立った。そして、

「選手のみなさん、今週末からはじまる大会では、東浜中《ひがしはまちゅう》の代表として、悔《く》いのないようにがんばってください。吹奏楽部《すいそうがくぶ》と演劇部《えんげきぶ》は、十月に文化会館で市内中学校の発表会があるので、生徒のみなさんは、そちらにも足を運んでください。家庭部と郷土《きょうど》研究部と美術部《びじゅつぶ》の作品は、文化部発表会としてあさってから三日間、会議室に展示《てんじ》します。ぜひ、見学してください」

と、告《つ》げた。

家庭部の展示、楽しみだな……。

豪太郎は去年、文化部発表会の初日に、わくわくしながら会議室をのぞいた。

家庭部は、パッチワークのベッドカバー、野の花の刺《し》しゅうが施《ほどこ》されたトートバッグ、水玉模様《もよう》のワンピースなどを展示していた。子犬くらいの大きさのクマのぬいぐるみもあった。どれも力作ぞろいで、豪太郎はすっかり感心してしまった。

しばらくのあいだ、豪太郎は夢中《むちゅう》になって作品に見入っていたが、ふと気づくと、窓際《まどぎわ》に座《すわ》っていた会場係の家庭部員たちが、豪太郎を見ながらくすくす笑っている。

周囲《しゅうい》を見渡《みわた》すと、見学者は女子生徒ばかりで、男子はひとりもいなかった。

豪太郎は急に恥《は》ずかしくなって、入り口で渡《わた》されたアンケート用紙の記入もそこそこに、あ

たふたと会議室を飛び出したのだった。


その日の夜、九時ぐらいのことだ。

夕飯を終え風呂《ふろ》にも入って、豪太郎はいつものように編《あ》みぐるみを作りはじめた。オカピの製作《せいさく》以来、豪太郎は編み図作りにはまっている。いまは自作の編み図で、シーサーの編みぐるみに取り組んでいた。赤と青の一対《つい》で、大きな口と飛び出た目玉がチャームポイントだ。

そのとき、携帯《けいたい》電話が鳴り出した。

表示《ひょうじ》されているのは、見覚えのない固定電話の番号だ。着信音を六回数えたあとで、豪太郎は硬《かた》い声で「もしもし」と応《おう》じた。

「夜分申しわけありません。彦坂《ひこさか》豪太郎さんのお電話でしょうか」

聞き覚えのない声だ。あやしげな勧誘《かんゆう》かもしれない。

豪太郎は「間にあってます」とひとこと告《つ》げて、電話を切ろうとした。すると、

「篠田です」

と電話の向こうから、少し慌《あわ》てた声が追いかけてきた。

「あ、篠田？」

親しい友だちに呼《よ》びかけるみたいに答えてしまって、照れくさくなった。豪太郎はコホンと

咳払《せきばら》いをして、

「彦坂だけどなんか用？」

と、わざとぶっきらぼうに尋《たず》ねた。

「お願いがあります」

篠田が、落ちつきはらっていった。

篠田のお願いとはいったいなんだろう。豪太郎は黙《だま》ったまま、篠田の言葉を待った。

「ぼくが製作《せいさく》したモデルロケットを、学校に展示《てんじ》してほしいのです」

「モデルロケット？」

「モデルロケットとは、実際《じっさい》に燃料《ねんりょう》を搭載《とうさい》して打ち上げるロケットの模型《もけい》をいいます。日本では火薬類取締法《とりしまりほう》の拘束《こうそく》が強いために、欧米《おうべい》と比《くら》べて規模《きぼ》としては小さなものにはなってしまいますが、打ち上げ花火で用いられる火薬を使って、数百メートルもの高度まで飛ばすことも可《か》能《のう》です。日本モデルロケット協会という団体《だんたい》もあって、毎年全国大会も行われています。中高生を対象《たいしょう》とした、ロケット甲子園《こうしえん》というコンテストもあります」

篠田が一気に語った内容《ないよう》は理解《りかい》した。

だが、なぜ篠田が、そのモデルロケットってやつを作ったのか。どうしてそれを、学校に展示する必要があるのだろうか。そのへんが、豪太郎にはまるでわからない。

「あさってからの文化部発表会に間にあわせたいので、彦坂豪太郎くんのご都合のよろしいときに、取りにいらしてください」

篠田は用件《ようけん》だけ告《つ》げると、プツッと電話を切った。

言葉づかいはていねいだが、いっていることは身勝手極《きわ》まりない。折り返し電話をかけて、詳《くわ》しい事情《じじょう》を尋《たず》ねればよいのだろうが、それもしゃくに障《さわ》る。

それでいて豪太郎は、
明日しかないな。部活が終わったらその足で、さっそく行ってみるか……。

などと考えてしまう。そんな自分が、情《なさ》けなくてならない。

腹立《はらだ》ちまぎれに豪太郎は、机《つくえ》の上に置いてあったミントのタブレットを、まとめて口の中に放りこんだ。

「うわっ。刺激《しげき》強すぎ！」

豪太郎はのどをかきむしるようにして、激《はげ》しくせきこんだ。


さっきまで降《ふ》り続《つづ》いていた雨がやんで、小鳥のさえずりが聞こえはじめた。

豪太郎はさしていた傘《かさ》を閉《と》じて、水の浮《う》いたアスファルトの道を左に曲がった。するとすぐに、見覚えのあるえんじ色の門が姿《すがた》を現《あらわ》した。

植物が浮《う》き彫《ぼ》りされた門扉《もんぴ》に隠《かく》れるように、すらりとした篠田が立っている。豪太郎を見て、頬《ほお》をゆるめた気がした。

「雨が降《ふ》ってたのに、外で待っててくれたのか」

今日はぜったいに笑顔《えがお》など見せまいと思っていたのに、豪太郎は意に反してほほえんでしまった。だが篠田は、おなじみの冷めた横顔を見せて、

「たったいま、郵便物《ゆうびんぶつ》を取りに来たところです」

と無愛想にいって、先に立って歩き出した。ふと見ると、篠田の手には水滴《すいてき》がしたたる傘《かさ》が握《にぎ》られている。

豪太郎は吹《ふ》き出《だ》しそうになるのをこらえて、篠田についていった。

白壁《しらかべ》の明るいリビングに入っていくと、テーブルの上にクッキーがあった。

葉っぱの形の皿に盛《も》られたクッキーは、スノーボールクッキーだ。ばあちゃんの家で、何度か作ったことがある。コロンとした丸いクッキーには、粉砂糖《こなざとう》がたっぷりかかっていた。大小さまざまな形をしていて、見るからに手作り風だ。だれが焼いたのだろうか。

「どうぞ」

運んできた紅茶《こうちゃ》をテーブルに置いて、篠田がいった。

豪太郎は、さっそくスノーボールクッキーに手を伸《の》ばす。口に入れたとたん、クッキーがほ

ろほろっと崩《くず》れた。アーモンドパウダーとバターの配合具合が絶妙《ぜつみょう》だ。

「うまい！」

豪太郎が叫《さけ》ぶと、篠田の小鼻がかすかに動いた。

どうにも手が止まらない。豪太郎は、ひたすらクッキーを食べ続けた。

「そんなに気に入ってくれたなら、のちほど持ち帰り用の袋《ふくろ》に入れてさしあげます」

篠田はそういって、リビングのドアから姿《すがた》を消した。

豪太郎は、篠田が持ち帰り用の袋を取りに行ったのかと心待ちにしていたが、戻《もど》ってきた篠田が手にしていたのは、濃《こ》い灰色《はいいろ》をした細長い物体と、四角い点火装置《てんかそうち》らしきものだった。

「これがモデルロケットってやつ？」

豪太郎は、拍子抜《ひょうしぬ》けしてしまった。

全国大会まであるというのだから、細部まで凝《こ》った作りの、精巧《せいこう》な模型《もけい》を想像《そうぞう》していたのだ。が、目の前にあるのは、小学生が夏休みの自由研究かなにかで作りそうな、なんの変哲《へんてつ》もないちゃちなロケットだった。

「こんなものが、数百メートルもの高さまで飛ぶのかと思うでしょう」

豪太郎の心を見透《みす》かすようにいって、篠田がロケットを豪太郎の目の前に差し出した。先端《せんたん》が円すい形をした、五十センチほどの本体の下部に、三枚《まい》の尾翼《びよく》がついている。材質《ざいしつ》は、厚紙《あつがみ》のようだ。点火装置《てんかそうち》からは長いコードが伸《の》びているので、それを本体につなげば、打ち上げることはできるのだろう。それにしても、なんともこころもとない。

「ご安心ください、これには火薬は入っていません。実際《じっさい》の打ち上げのようすはビデオに収《おさ》めてありますので、それをごらんください」

篠田が、小ぶりのビデオカメラを持ち出してきた。そして、赤や黄色のコードをテレビに接《せつ》続《ぞく》して、手《て》慣《な》れたしぐさで再生《さいせい》ボタンを押《お》した。

カメラが遠景で、アーチ橋のかかる広々とした川辺を映《うつ》し出《だ》す。

この近くを流れる富士見川《ふじみがわ》ではなさそうだ。すると一転して、まばらに生えた芝生《しばふ》に設置《せっち》された、小型《こがた》の三脚《さんきゃく》のようなものがズームアップされた。そこに、いまテーブルに置かれているモデルロケットが据《す》えられている。

「モデルロケットは、エンジンをつけ替《か》えれば、再使用が可能《かのう》です」

テーブルの上のロケットと映像《えいぞう》のロケットとを見比《みくら》べていた豪太郎は、なるほどとうなずいた。

と、いきなりロケットが白い煙《けむり》を吐《は》きながら、一直線に空へ飛び上がった。

ぼーっとしていると、見失ってしまうほどのスピードだ。そうしてロケットは、あっという間に見上げるくらい高い地点まで到達《とうたつ》すると、そこで一瞬《いっしゅん》、停止《ていし》した。

すると、上空のロケットから、オレンジ色のパラシュートが出てきた。パラシュートはロケットをぶらさげたまま、青空をゆらゆら漂《ただよ》いながら落ちてくる。風に舞《ま》うパラシュートは、オレンジ色のクラゲのようだ。

やがてロケットは、しぼんだパラシュートとともに、芝生《しばふ》の上にふわりと着地した。

「おおーっ」

豪太郎は思わず拍手《はくしゅ》してしまった。

パラシュートの滞空《たいくう》時間は五十六秒。これは、全国大会でも上位に入賞《にゅうしょう》できる記録だそうだ。

モデルロケットのキットは、インターネットなどでも入手できるらしい。だが、このロケットは篠田が自分で設計図《せっけいず》を描《か》いて、一から製作《せいさく》したものだという。

「なんていうか、ロマンを感じるな。このまま宇宙《うちゅう》にまで、行けちゃいそうな気がするよ」

モデルロケットの映像《えいぞう》と篠田の話に、豪太郎はすっかり引きこまれてしまった。すると篠田は、テーブルに置かれていたロケットを腕《うで》に抱《かか》えて、きっぱり告《つ》げた。

「ぼくは宇宙に行きます」

いきなり話が大きくなって、豪太郎はちょっと驚《おどろ》いたが、

「篠田は賢《かしこ》いから、ＪＡＸＡ《ジャクサ》の試験にも合格《ごうかく》できるんじゃないか」

と、篠田の肩《かた》をぽんぽんとたたいた。すると篠田は、眉《まゆ》を上げて豪太郎を見返した。

「宇宙飛行士《うちゅうひこうし》になりたいのではありません」

「じゃ、もしかして、宇宙旅行ってやつ？」

豪太郎は、興味《きょうみ》をそそられて身を乗り出した。

が、篠田は視線《しせん》をテーブルの上に落として、それきり口を閉《と》ざしてしまった。なんだか気詰《きづ》まりな雰囲気《ふんいき》になって、豪太郎も黙《だま》りこむ。

しばらくして、道路から聞こえてきた選挙カーのアナウンスを合図に、篠田が口を開いた。

「このロケットを、文化部発表会に展示《てんじ》してほしいのです」

篠田の話が、また文化部発表会に戻《もど》ってしまった。宇宙旅行の件《けん》はどうなったのか。

豪太郎は、肩透《かたす》かしを食らったような気分になる。

「職場《しょくば》体験は、ぼくにとってたいへん有意義《ゆういぎ》なひとときでした。でもそれは、ある意味いいとこどりです。毎日の退屈《たいくつ》な授業《じゅぎょう》は欠席しておきながら、おもしろそうな行事にだけ参加するというのは、あきらかにアンフェアでしょう。ですから、今回の発表会に相乗りする形で、ぼくの作品を展示したいのです。そうすることで、東浜中の生徒としての責任《せきにん》を果たせたら、と考えます」

篠田がふだんの調子を取《と》り戻《もど》して、自分の主張《しゅちょう》を述《の》べたてた。だが豪太郎には、篠田のいっていることがうまく理解《りかい》できない。

「あのさ、そんなに堅苦《かたくる》しく考えなくてもいいんじゃないか。篠田が職場《しょくば》体験に満足できたなら、それでいいと思うよ」

「いいえ。小学校のときの、お楽しみ給食を思い出してください。いつもは牛乳《ぎゅうにゅう》を飲まないのに、お楽しみ給食のコーヒー牛乳だけ飲む子がいませんでしたか。もしくは、いつもは食べるのが一番遅《おそ》いのに、ハンバーグとかグラタンのときだけ早くて、われ先におかわりをする子とか。そういうのはやはり、見ていて気持ちのよいものではありません」

真剣《しんけん》な目をして、篠田はそんなことをいう。豪太郎をおちょくっているのか、いたってまじめなのか。

いきなり篠田が、スノーボールクッキーをつまんで口の中に入れた。唇《くちびる》のまわりについた粉砂糖《こなざとう》が、クッキーをかみしめるたびにはらはらこぼれる。豪太郎は、篠田の口元から落ちる粉砂糖をながめながら、思いを巡《めぐ》らせた。

篠田の話は、理屈《りくつ》っぽくてわけがわからないが、作品を学校に展示するというのは、悪いことではない。それがきっかけとなって、篠田が学校に意識《いしき》を向けてくれるかもしれないのだ。

そう考えたら、使命感のようなものがわいてきた。

「わかったよ。おれが責任《せきにん》をもって展示《てんじ》する」

豪太郎がそう請《う》けあうと、篠田はほどけるような笑《え》みを浮《う》かべた。

篠田の笑顔は希少価値《かち》がある。

思わず見入っていたら、篠田がまっすぐ視線《しせん》をあわせてきたので、豪太郎は急に気恥《きは》ずかしくなって、あたふたと立ち上がった。

「じゃあな。発表会が終わったら、またロケットを返しにくるからさ」

篠田の腕《うで》からモデルロケットを受け取り、さらに、設計図《せっけいず》や打ち上げ時の写真なども展示《てんじ》してほしいというので、それもスポーツバッグにしまって、豪太郎は篠田に背中《せなか》を向けた。

そうして、リビングを出ようとすると、

「時間の流れって、不変だと思いますか」

という篠田の声が追いかけてきた。

振《ふ》り返《かえ》ると、窓《まど》からの光を背に受けて、口を真一文字《まいちもんじ》に結んだ篠田が、豪太郎をじっと見つめている。

思いもかけない質問《しつもん》に、豪太郎は、

「じかんのながれ……」

と、小声で繰《く》り返《かえ》してみる。

「そんなこと、考えたこともなかったなあ。一日は二十四時間、あたりまえのことだよな。一年三百六十五日、それは変わらない。一日十二時間になったり三十二時間になったり、毎日ころころ変わったら、たいへんなことになるんじゃないか」

豪太郎はドアの前に立ち止まって、そう答えた。篠田は視線《しせん》を窓《まど》の外に移《うつ》し、ゆっくりと話しはじめた。

「少なくとも、地球上ではそうです。しかし、宇宙全体《うちゅう》を見渡《みわた》してみた場合はどうですか。宇宙においては、あらゆるものが、われわれの想像《そうぞう》を超《こ》えるスケールで存在《そんざい》しています。時間の流れだって、人間の感覚とはまるで違《ちが》っているかもしれません」

「ってことは、宇宙には、地球とは違った時間が流れてるってことか？」

話が大きすぎて、頭の回転が追いつかない。

豪太郎は、自分の頭のてっぺんを軽くたたいてみる。こんこんと、からっぽな音がした。

「時間の概念《がいねん》は、地球人の身勝手な解釈《かいしゃく》にすぎません。宇宙のほんの片隅《かたすみ》に暮《く》らしているわれわれが、なぜ宇宙全体の時間についてまで、論《ろん》じることができるのでしょうか。いったいだれが、宇宙の隅から隅まで、時間の旅をしたことがあるというのですか」

サイドボードの置き時計が、ふるんふるんと震《ふる》えるように時を刻《きざ》んでいる。豪太郎はこの時間が不変かどうかなんて、意識《いしき》したこともなかった。

篠田は窓際《まどぎわ》に寄《よ》って、ガラス窓を大きく開いた。観葉植物の薄緑《うすみどり》の葉が、吹《ふ》きこんできた涼《すず》しい風になびいている。

「宇宙《うちゅう》の広がりは、人間の尺度《しゃくど》ではとうていとらえきれません。異次元《いじげん》の世界だって存在するはずです。そこでは、この世における『死』は、『死』ではありません。『生』とか『死』を超越《ちょうえつ》した空間なのです。ぼくは、人間の理解《りかい》を超《こ》えた永遠不滅《えいえんふめつ》の世界が、きっとあると信じています」

豪太郎の胸《むね》に、動物愛護《あいご》センターからの帰りのバスで見た、篠田の横顔が浮《う》かんだ。そのまま消えてなくなってしまいそうな、頼《たよ》りない表情《ひょうじょう》。篠田はいま、あのときと同じ顔をしていた。

「たしかに、宇宙はなぞだらけだよ。だけどそのなぞって、どんなに科学が進歩しても解《と》けないんじゃないかな。でも、それでいいんじゃないのか。それが宇宙の魅力《みりょく》なんだよ。永遠不滅の世界がどこかにあるかもしれないけど、おれたちはこの地球で、ここに流れている時間の中で生きていくんだから」

豪太郎がそう話すと、篠田は豪太郎を見つめて口を開きかけた。

が、その瞬間《しゅんかん》、篠田の肩《かた》がかすかに震《ふる》えた。上目づかいの視線《しせん》が、じっと二階をうかがっている。豪太郎が耳を澄《す》ますと、

「トントン、トントン」

という規則的《きそくてき》な音が、二階から小さく聞こえてくる。

「それではよろしくお願いします」

篠田が立ち上がって、早口にそう告《つ》げた。そして篠田は、ぼんやり立っている豪太郎の脇《わき》をすり抜《ぬ》けるようにして、玄関横《げんかんよこ》の階段《かいだん》をひとつ飛ばしに駆《か》け上《あ》がっていった。

豪太郎はしばらくリビングに残っていたが、二階はさっきの音も消えてしんと静まり返っている。篠田が下りてくる気配もなかった。

豪太郎は、首を左右に十回ずつゆっくり回して、五回深呼吸《しんこきゅう》をした。

そして、いったんモデルロケットを床《ゆか》に置いて、スポーツバッグを肩《かた》にかけ直し、それからまた、モデルロケットを腕《うで》に抱《かか》えた。

「おじゃましましたー」

階段下から二階を見上げ、豪太郎は背伸《せの》びするようにして呼《よ》びかけた。遠慮《えんりょ》がちなつぶやき声は、篠田の耳には届《とど》いていないのかもしれない。

豪太郎はそのままそっとドアを開けて、篠田の家をあとにした。

夕暮《ゆうぐ》れの舗道《ほどう》をひとり歩いていると、いろいろなことが頭を巡《めぐ》って、混乱《こんらん》してしまう。いますぐ引き返したほうがよいのではないかという気もしてくる。

豪太郎は、

「篠田のやつ、持ち帰り用の袋《ふくろ》にクッキー入れてくれるっていったのになあ」

と、声に出してみた。甘《あま》さ控《ひか》えめの濃厚《のうこう》なバターの風味が、口の中に蘇《よみがえ》る。

スノーボールクッキーのことだけを考えながら、豪太郎は前を見すえて歩き続けた。

七、小坂郁美《こさかいくみ》

　二年二組、篠田高樹《しのだたかき》作のモデルロケットは、担任《たんにん》の倉橋《くらはし》先生の許可《きょか》を得《え》て、家庭部の作品と郷土《きょうど》研究部の作品とのあいだに置かれた、長机《ながづくえ》の上に展示《てんじ》された。

　豪太郎《ごうたろう》は、篠田から預《あず》かってきた精密《せいみつ》な設計図《せっけいず》や、打ち上げ時の写真や、モデルロケット協会のチラシなどを、会議室の壁《かべ》にびっしり張《は》った。そこに書かれている手書きの文字は、まるで定規《じょうぎ》を当てたように縦横斜《たてよこなな》めがきっちりそろっていた。

「篠田高樹？　そんな人、二組にいたっけ」

「ヤングケアラーってうわさの男子じゃない？　ほら、小学校のころからほとんど学校に来てないって、富士見小《ふじみしょう》の子がいってたじゃん。……それにしても、ひとりでこんなすごいもの作っちゃうなんてねえ」

「ていうか、なんか怖《こわ》くない？　実際《じっさい》はこれに、火薬を入れて飛ばすんでしょ。家に閉《と》じこもって火薬を扱《あつか》ってるなんて、そのうちとんでもないことはじめちゃうんじゃないの」

うわさを聞いて会議室に押《お》しかけてきた生徒たちが、無責任《むせきにん》なことをしゃべっている。そんなやつらにはひとこといってやりたくなるが、豪太郎はぐっとこらえた。

「豪太郎くんのお手柄《てがら》ね。篠田くんの作品を展示《てんじ》できるなんて、信じられないわ」

倉橋先生が、一眼《いちがん》レフのカメラのシャッター音をカシャカシャ響《ひび》かせながら、篠田の作品を何枚《なんまい》も撮影《さつえい》している。家庭訪問《ほうもん》のときに、篠田にあげるのだという。

「おれの手柄なんかじゃありません。篠田は、職場《しょくば》体験にだけ参加するのはいいとこどりだからって、自分の意思で決めたんです。発表会に参加することで、東浜中《ひがしはまちゅう》生徒としての責任を果たしたいっていってました」

倉橋先生にほめられて、内心かなり気をよくしながらも、豪太郎はちょっと謙《けん》そんしてみせた。

すると倉橋先生は、肩《かた》まで伸《の》びたやわらかそうな髪《かみ》に触《ふ》れながら、ぽつりといった。

「篠田くん、自分が作ったロケットを、みんなに見てもらいたかったんじゃないかしら」

「えっ、みんなに？」

豪太郎は、ロケットを差し出したときの篠田の顔を思い返してみた。

篠田は少し恥《は》ずかしそうな、それでいてどこか得意《とくい》げな表情《ひょうじょう》をしていた。

「承認欲求《しょうにんよっきゅう》って、聞いたことあるかしら。他者から認《みと》められたいっていう願望よ。篠田くんも、自分が一生懸命《いっしょうけんめい》作ったロケットを、東浜中のみんなに認《みと》めてもらいたかったんだと思うの。その気持ちをかなえるお手伝いをしてくれたのが、豪太郎くんよ」

承認欲求《しょうにんよっきゅう》、という言葉が、豪太郎の耳の奥《おく》でいつまでも響《ひび》いていた。

創作《そうさく》活動は、一途《いちず》に作品と向きあうひとときだ。思いのこもった、よりよい作品に仕上げるために試行錯誤《しこうさくご》を繰《く》り返《かえ》すのは、ある意味孤独《こどく》な作業だろう。が、ひとたび作品が完成すると、まして、それが満足のいく出来であればあるほど、だれかに見てもらいたいという気持ちがわいてくる。それは、篠田だけではなくだれにでもある自然な感情《かんじょう》だと、豪太郎は思う。

豪太郎は、篠田自身のように、むだなものをすべてそぎ落としたロケットをながめた。

家の中だけでひっそり過《す》ごしていれば、さっきのように心ない中傷《ちゅうしょう》を浴びせられることもない。だが篠田は、あえて自分の作品をこの場にさらした。篠田はこのロケットに、強い思い入れがあるのではないだろうか。

「篠田くんってあんなに無愛想なのに、なんだか不思議な魅力《みりょく》があるのよね」

目の前に、倉橋先生の笑顔《えがお》があった。

先生は、いつだって顔全体で笑う。見ているほうも思わずほほえまずにはいられない、大きな笑顔だ。

「ほんと、不思議なやつです。おれも、いつも気づくと篠田のペースにはまってます」

そのとき豪太郎の心の中には、あるひとつの考えが、入道雲のようにもくもくわきあがっていた。

翌朝《よくあさ》、豪太郎は登校途中《とちゅう》、雨に濡《ぬ》れて黒ずんでいるブロック塀《べい》の上に、カタツムリを見つけた。

カタツムリなんて久《ひさ》しぶりだ。茶褐色《ちゃかっしょく》の渦巻《うずま》き模様《もよう》にじっと見入っていると、篠田が語った時間の流れという話が、ふいに豪太郎の頭をよぎった。

昼食時間になると、豪太郎は二段重《だんがさ》ねの弁当箱《べんとうばこ》を開けた。

かあさんの弁当は、いつも冷凍《れいとう》食品ばかりで飽《あ》きてしまう。だから豪太郎は、自分の弁当は自分で作っている。自分が食べたいものを作るのだから、早起きも苦にならない。今日のメニューはつくね、かぼちゃとごぼうの照《て》り煮《に》、はんぺんの明太《めんたい》チーズ焼き。野菜サラダも添《そ》えてある。栄養バランスもばっちりだ。

「いいよなあ、豪太郎のかあちゃんは。いつもうまそうな弁当作ってくれて」

という、友だちの声にあいまいにうなずきながら、豪太郎は自作の弁当を大急ぎでかきこんだ。そして、昼休みはいつものようにサッカーに誘《さそ》われたが、豪太郎はそれを断《ことわ》って、会議室へまっしぐらに走った。

文化部発表会、二日目。

去年は見学の生徒もまばらだったが、今年は篠田のモデルロケットが話題を集めて、会議室はまずまずのにぎわいだ。豪太郎はすでにきのう見た、美術部《びじゅつぶ》の油絵や郷土《きょうど》研究部のジオラマをざっと見ながら、会議室内をぶらぶら歩いた。だが、モデルロケットが展示《てんじ》された長机《ながづくえ》が近づくにつれて、ひざのあたりがこわばってきた。

ようやくモデルロケットの前までたどり着いて、豪太郎が手をうしろに組みながら、周囲《しゅうい》を行《い》きつ戻《もど》りつしていると、

「へえーっ。これ、かわいい！」

というかん高い声が、背中《せなか》で聞こえた。

豪太郎の肩《かた》が、びくっと跳《は》ね上《あ》がる。

乱《みだ》れた呼吸《こきゅう》を整えて、豪太郎がなにくわぬ顔で振《ふ》り向《む》くと、同じクラスの女子が、ぶたの編《あ》みぐるみを手に取ってにこにこしている。

「ねえ、勝手に触《さわ》っちゃだめだよ。……だけど、ほんとにかわいいねえ。寝《ね》ぼけたような表情《ひょうじょう》がなんともいえないよ。オカピもシーサーも、すごくいいじゃん」

「だよねー。あたしこのぶた、ほしくなっちゃった。でも、なんでロケットの隣《となり》に置いてあるんだろうね。小坂郁美って書いてあるけど、家庭部の子じゃないのかな」

「学年もクラスも書いてないね。もしかしたら、篠田くんみたいに、不登校の生徒なのかも。小坂郁美って二年生にはいないから、一年生か三年生じゃないのかなあ」

そんなことを話しながら、ふたりは会議室を出ていった。

がちがちに緊張《きんちょう》していた豪太郎のからだから、ゆるゆると力が抜《ぬ》けていく。豪太郎はカニのように横歩きしながら、小坂郁美の作品の脇《わき》に立った。

ぶたとオカピと一対《つい》のシーサー。豪太郎の自信作だ。

篠田の出品に勇気をもらって、豪太郎も自分の作品を展示《てんじ》することを決意した。今日の朝練前、人気《ひとけ》のない会議室に忍《しの》びこんで、「小坂郁美」の名札とともに、四体の編《あ》みぐるみをこっそりここに置いたのだ。

「ほら、先生。あんな人形、きのうまでなかったはずです！」

突然《とつぜん》、会議室の入り口で金切り声が響《ひび》いた。

豪太郎が振《ふ》り返《かえ》ると、家庭部の二年生が編みぐるみをにらみつけるようにしながら、倉橋先生の腕《うで》をぐいぐい引《ひ》っ張《ぱ》っている。倉橋先生は、

「あら、ほんとうだわ」

と首を傾《かし》げて、編みぐるみのほうに近づいてきた。

「家庭部に小坂郁美って子いるのかって、みんなに聞かれるんです。だけどそんな子いない

二年二組
篠田高樹
小坂郁美

し、なんだか気持ち悪くて」

家庭部の女子がそういって、胸《むね》の前で両腕《りょううで》を抱《かか》えこむようにした。

「小坂郁美って、東浜中にはいないと思うわ。いったいだれが置いたのかしら」

「えーっ、この学校にいないいんですか。いやだあ、マジで怖《こわ》い。先生、こんな人形、早く職員《しょくいん》室《しつ》に持ってってください！」

顔を引きつらせて叫《さけ》んでいる女子をなだめながら、倉橋先生は豪太郎が作った編《あ》みぐるみを見つめている。

豪太郎の心臓《しんぞう》の鼓動《こどう》が、にわかに激《はげ》しくなる。会議室にいたほかの生徒たちも、なにごとかとぱらぱら集まってきた。

ようやく女子の興奮《こうふん》が収《おさ》まってきたころ、倉橋先生がハスキーな声でぽつりとつぶやいた。

「人形には、魂《たましい》が宿るんですって」

女子がまばたきしながら、倉橋先生を見る。

「思いをこめて一生懸命《いっしょうけんめい》作ったのよ。この編みぐるみを見てると、やさしい気持ちになれるわ。この子たち、いつもそばに置いておきたくならない？」

倉橋先生の言葉に、女子があらためてオカピの編みぐるみに目を向けた。

垂《た》れ気味《ぎみ》の耳をした、内気そうなオカピだ。ちょっとアンバランスな、黒くて大きな鼻が愛らしい。頰《ほお》のあたりに編《あ》みこんだピンクの毛糸が、あどけない雰囲気《ふんいき》を漂《ただよ》わせている。

「この編みぐるみを、東浜中の生徒に見せたかったのよ。だけど、なにか事情《じじょう》があって、名前は明かせなかったんじゃないかしら。もちろん、あなたが気持ち悪いっていうのも当然よ。だから先生が責任《せきにん》をもって監視《かんし》するわ。休み時間と放課後は、先生がここにいるから」

倉橋先生の言葉に、女子はしぶしぶという感じでうなずいた。それから先生は、かたわらでなりゆきを見守っていた豪太郎に、ゆっくりと視線《しせん》を移《うつ》した。

豪太郎の心の奥《おく》まで届《とど》く、まっすぐなまなざしだ。豪太郎は、思わず目をそらしてしまう。

すると倉橋先生は、いつものやわらかな笑顔《えがお》を見せて、

「篠田くんのロケットも心配よね。いたずらでもされたら、頼《たの》まれた豪太郎くんだって困《こま》るでしょ。先生がしっかり見張《みは》ってるから、安心してね」

と、右腕《みぎうで》で力こぶを作るようなしぐさを見せた。

倉橋先生の桜色《さくらいろ》のブラウスが、生徒たちの輪の中に紛《まぎ》れていく。身長百五十四センチだという小柄《こがら》な倉橋先生だけれど、どこにいても先生の姿《すがた》は、豪太郎にはふんわり浮《う》かびあがって見えた。

文化部発表会が終わった。

展示《てんじ》されていた作品はすべて片《かた》づけられ、会議室にはまたもとのように机《つくえ》と椅子《いす》が並《なら》べられた。小坂郁美の正体を明かす度胸《どきょう》のない豪太郎は、三日目の朝練前にこそこそ会議室に入って、早々と編《あ》みぐるみを引き上げてしまった。だから豪太郎の編みぐるみは、一日限《かぎ》りの展示だった。それでも豪太郎のからだは、いまも微熱《びねつ》が続いているように、ぽうっと火照《ほて》っている。

発表会の二日目、豪太郎は何度も会議室へ足を運んだ。

そして、いかにもモデルロケットが気になるようなそぶりを見せながら、編みぐるみのそばに張《は》りついていた。小坂郁美の作品を目にした生徒たちが、「かわいいね」とか「じょうずだね」などといいながら、豪太郎の横をすり抜《ぬ》けていく。そのたびに豪太郎の心は、春を待つつぼみのようにふくらんでいった。

これまで、ばあちゃんにしか見せたことがない編みぐるみだ。

「この編みぐるみ、生きてるみたいだね」

という声を聞いたときには、豪太郎の心の中のつぼみが一気に満開になった。

翌日《よくじつ》、豪太郎は展示を終えたモデルロケットを手に、篠田の家へ向かった。

三度目の訪問《ほうもん》なので、もうすっかり道筋《みちすじ》も覚えている。鼻歌交じりにたどり着いた篠田の家の庭先では、オレンジや黄色や紅色《べにいろ》のスカシユリが咲《さ》きにおい、二頭のモンシロチョウがかわるがわる蜜《みつ》を吸《す》っていた。

今日はテーブルの上に、はちみつを添《そ》えたスコーンが並《なら》んでいる。

スノーボールクッキーじゃないのかと、豪太郎が恨《うら》めしげに皿を見ていると、

「先日はおみやげのクッキーを渡《わた》しそびれてしまったので、これを持って帰ってください」

といって、篠田がスノーボールクッキーが入った、ずっしりと重たい紙袋《かみぶくろ》を差し出した。

「えっ。いいのか、こんなにたくさん」

と、ほくほく顔の豪太郎にうなずいて、篠田がかたわらの封筒《ふうとう》から写真を取り出した。

「きのう、倉橋先生がいらっしゃいました」

倉橋先生は文化部発表会の三日間、連日、篠田の作品の写真を撮《と》っていた。さっそくそれをプリントアウトして、持参したのだろう。四、五十枚《まい》ある写真には、篠田のモデルロケットや掲示物《けいじぶつ》、それを熱心に見学している生徒たちの姿《すがた》が収《おさ》められている。

そのうちの一枚に、小坂郁美作の編《あ》みぐるみが写りこんでいた。

プリントされたぶたの編みぐるみに、豪太郎の頰《ほほ》もついゆるんでしまう。

「作り手の情熱《じょうねつ》が伝わってくる力作ですね、小坂郁美さん」

写真を手にしていた豪太郎の呼吸《こきゅう》が、一瞬《いっしゅん》止まった。

その場に固まったまま、視線《しせん》だけそろそろ動かして見ると、篠田が自信たっぷりにほほえんでいる。

「やはりそうでしたか」

「だ、だけどどうして、わ、わかったんだよ」

豪太郎は否定《ひてい》することも忘《わす》れて、反射的に問いかけてしまった。

篠田は、もったいぶるように細いメガネのつるをつまんで、二、三度上下させてから話しはじめた。

「まず第一に、彦坂《ひこさか》豪太郎くんがはじめてここにいらしたとき、玄関《げんかん》の編《あ》みぐるみに異常《いじょう》なほどの興味《きょうみ》を示《しめ》したこと。第二に、彦坂豪太郎くんは先日、親指から手首を覆《おお》うサポーターを装《そう》着《ちゃく》していたこと。そして最後に、小坂郁美という名前です」

思わず豪太郎は、自分の手首を見た。

豪太郎は編み物のしすぎで、軽い腱鞘炎《けんしょうえん》だった。痛《いた》みがひどいときにはサポーターをつけることがあったが、友だちはピッチングによる痛みなのだと思いこんでいる。しかし篠田は、編み物が原因《げんいん》だと見破《みやぶ》ったようだ。

それにしても、練りに練った偽名《ぎめい》が、なぜいとも簡単《かんたん》に解読《かいどく》されてしまったのか。編みぐるみの写真を見つめながら首をひねる豪太郎に、篠田がたたみかける。

「偽名《ぎめい》の名字の『こさか』は、『ひこさか』から『ひ』を取っただけですね。名前のほうは、『ごうたろう』の『ごう』を、『GO』にかけたのでしょう。『GO』は『いく』ですから『いくみ』。わりと単純《たんじゅん》な発想ですね」

またも篠田にしてやられた。豪太郎は顔をしかめて、頭を抱《かか》えこんでしまった。が、そのうち豪太郎の心の中に、猛烈《もうれつ》な恥《は》ずかしさがわきあがってきた。こんなふうにこそこそ編《あ》みぐるみを作っている自分を、篠田はどう思ったのだろう。

豪太郎はこのままスノーボールクッキーを抱えて、逃《に》げ出《だ》したくなってしまった。

そんな豪太郎の気持ちを知ってか知らずか、篠田はティーカップの紅茶《こうちゃ》を一口飲んで、ソファーに深く座《すわ》り直《なお》した。

「しかし、次回は小坂郁美ではなく、本名の彦坂豪太郎で発表しましょう」

さっきまでからかうような笑《え》みを浮《う》かべていた篠田の顔に、ふまじめな影《かげ》はこれっぽっちもなかった。

豪太郎は篠田の瞳《ひとみ》に、吸《す》い寄《よ》せられるように視線《しせん》を重ねる。

「キモイって、いわれたくないんだ」

ふいに唇《くちびる》からこぼれ落ちた言葉に、豪太郎自身がとまどってしまった。

あの日のことが、まぶたの裏《うら》に映《うつ》し出《だ》されてくる。

黒板の上の丸い時計、窓《まど》にかけられた黄色いカーテン、学級文庫に並《なら》んだ分厚《ぶあつ》い図鑑《ずかん》。そして、いつも胸《むね》にまとわりついて消えることのないあの声――。

押《お》し寄《よ》せる苦い記憶《きおく》から逃《のが》れるように顔を上げると、篠田が促《うなが》すことも拒《こば》むこともしない静かなまなざしで、豪太郎を見つめていた。

豪太郎は、ピアノの脇《わき》の本棚《ほんだな》に目を移《うつ》す。

ホーキング博士のスペース・アドベンチャーシリーズが、ずらりと並んでいる。『宇宙《うちゅう》への秘密《ひみつ》の鍵《かぎ》』は、豪太郎も読んだことがあった。

宇宙へ行きたいという思いを、篠田はうちあけてくれた。豪太郎も篠田に、これまでだれにも話さずに隠《かく》し続《つづ》けてきた心の内を、さらけ出してみたくなった。

「おれは小さいころ、ウルトラマンとか戦隊ものとか、男子が夢中《むちゅう》になっている遊びが苦手だった。だからみんなの輪に入れなくて、いつもひとりでいた」

豪太郎は本に目を向けたまま、低い声で話しはじめた。

「そんなとき、ばあちゃんちで七段飾《しちだんかざ》りの立派《りっぱ》なひな人形を見たんだ。それからおれは、ひな人形に夢中になった。小学校に入ってからも、ひとりでいることが多かったけど、教室でひな人形の絵を描《か》いたり、折り紙でおひなさまを折っていれば満足だったんだよ」

ばあちゃんの家で、篠田が見つけた籐《とう》のかご。

あれは、いつでも豪太郎が遊べるように、ばあちゃんが一年中出したままにしておいてくれたひな飾《かざ》りだった。

はじめて女《め》びなを手にしたとき、豪太郎はずっしりとした重さに驚《おどろ》いた。つりあがり気味の細い目、すっと通った形のよい鼻筋《はなすじ》、かすかに開いたおちょぼ口。女びなの着物の滑《なめ》らかな手触《てざわ》りは、とてもここちよかった。べとべとしたソフビ人形とは大違《おおちが》いだった。

豪太郎はひな飾りで、いろいろな遊びをした。男《お》びなと女びなのうしろの金屏風《きんびょうぶ》は、六《む》つ折《お》りにしてパタパタたためた。ひな道具はどれもていねいに作られているので、簞笥《たんす》は一段一段《いちだんいちだん》開くし、針箱《はりばこ》の針山には本物の針を刺《さ》すこともできる。鏡台には、自分の顔がちゃんと映《うつ》った。ぼんぼりには実際《じっさい》にあかりをともすことができたし、小さな汁椀《しるわん》や飯椀《めしわん》がちょこんと並《なら》んだお膳《ぜん》は、ままごと遊びにぴったりだった。

籐《とう》のかごに入った簞笥の引き出しには、あのころ豪太郎が隠《かく》しておいたきれいな小石や花の種が、いまもひっそりとしまわれているはずだ。

「あれは、三年生になったばかりのときだった。突然《とつぜん》おれは、隣《となり》の席の男子にいわれたんだ。豪太郎ってキモイ。男のくせに、いつも人形の絵を描《か》いたり折り紙を折ったりして、女みたいでほんとにキモイ。みんなキモイっていってるんだから、って」

突然《とつぜん》投げつけられた「キモイ」が、豪太郎の耳に生々しく蘇《よみがえ》ってきた。耳をふさいでも首を振《ふ》っても、どこまでも追いかけてくる粘《ねば》りつくような声。

「キモイって、胸《むね》の底をえぐる言葉だよ。教室のどこかでキモイが聞こえるたび、おれの心はいつも悲鳴をあげてた。その言葉が、いきなり自分に降《ふ》ってきたんだ。そうか、おれはキモイやつなんだ。みんなそういっているんだ。……そう思った瞬間《しゅんかん》、おれの耳はブーン、ブーンと鳴り出した」

自分の座席《ざせき》に座《すわ》ったまま、豪太郎はまぶたをきつく閉《と》じた。そして、しばらくして目を開けたときには、教室の中は白っぽい膜《まく》におおわれていた。耳鳴りは鼓膜《こまく》をひっかくようにして、どんどん大きくなっていった。からだに力が入らなくなって、椅子《いす》に腰《こし》かけている上半身がゆらゆら揺《ゆ》れはじめた。

過去《かこ》と現在《げんざい》の境《さかい》があいまいになって、豪太郎の意識《いしき》はもうろうとしてくる。

豪太郎は、目の前に座っている篠田の気配を頼《たよ》りに、下腹《したはら》に力を入れてふたたび話し出した。

「それからおれは、ひな人形の絵を描《か》いたり、折り紙をしたりすることをやめた。二度とキモイなんていわれないように、自分じゃない自分になりきろうとしたんだ」

豪太郎は、内気な性格《せいかく》というわけではなかったので、自分から声をかけて、ドッジボールやサッカーの仲間に入れてもらった。

もともと運動神経《しんけい》は悪くなかった。だから、ドッジボールをすれば鋭《するど》いボールを投げ、サッカーのキーパーを任《まか》されれば、ゴールポストぎりぎりのシュートをはじいてみせた。クラスのみんなは、豪太郎の意外な一面に目を丸くした。そして豪太郎は、いつの間にかチームに欠かせないメンバーになっていたのだ。

「みんなが苦手な小数や分数の解《と》きかたを、進んで教えてあげたりもした。そんなふうにしておれは、少しずつクラスに溶《と》けこんでいったんだ。四年生になるころには、おれはスポーツ万《ばん》能《のう》で勉強もできる陽気なキャラとして、みんなから一目置かれるようになっていた」

それからは、いつも豪太郎のまわりには、冗談《じょうだん》をいいあったりふざけたりする友だちがいた。けれども豪太郎は、ひとりぼっちでいたときよりも、ずっと孤独《こどく》だった。

そんな豪太郎の心のすきまを埋《う》めてくれたのが、編《あ》みぐるみだったのだ。

話し終えると、肩《かた》のあたりがひどく重かった。

知らないうちに、全身に力が入っていたのだろう。豪太郎が首筋《くびすじ》をさすりながら視線《しせん》をさまよわせると、サイドボードの上に、モデルロケットがぽつんと置かれているのが目に入った。

会議室で、多くの生徒たちの好奇《こうき》の目にさらされたロケットは、ようやくその役目を終えて、すみなれた古巣でほっとひと息ついているように見えた。

「ずいぶんつらい思いをしましたね、彦坂豪太郎くん」

豪太郎を見つめる、篠田の目が潤《うる》んでいる。

やっぱり篠田はおれが見こんだとおり、人の痛《いた》みがわかる人間だ。

そう思ったら、豪太郎も泣きたくなってきた。

「彦坂豪太郎くんも、イネ科雑草《ざっそう》の花粉《かふん》アレルギーですか」

篠田は、サイドボードの上のボックスティッシュで、チンとはなをかんだ。篠田の鼻のまわりが赤い。

篠田は豪太郎の前に、ティッシュの箱を滑《すべ》らせた。

「いや、おれは、アレルギーはないけど……」

豪太郎がはなをすすりながら答えると、篠田は「そうですか」といって、ティッシュの箱をサイドボードに戻《もど》した。

「自分だったらぜったいに使いたくない言葉は、聞かない、取りこまないに限《かぎ》ります」

篠田がさらりと告《つ》げた。くっきりとした二重《ふたえ》の目が、豪太郎をじっと見ている。

「篠田のいうとおりだけど、そんなふうに簡単《かんたん》にはいかないよ。おれは、弱い人間だから」

「強くなるのです」

間髪《かんはつ》をいれず、篠田がいった。

「他人の意見に屈《くっ》するということは、突《つ》き詰《つ》めれば、それを肯定《こうてい》していることになります。そもそも、ほんとうの自分を隠《かく》して日々をやり過《す》ごすのは、自分自身を否定《ひてい》することではありませんか？　彦坂豪太郎くんは、なにも悪いことなどしていません。だから、胸《むね》を張《は》って強く生きるべきです」

ふいに、この前と同じような「トントン」という音が、二階から聞こえてきた。

篠田の眉《まゆ》が、ピクリと動く。豪太郎も身構《みがま》えて、おそるおそる視線《しせん》を二階に向ける。

が、篠田は、背筋《せすじ》を伸《の》ばしたままの姿勢《しせい》で話し続けた。

「自尊心《じそんしん》をもちましょう。自分を尊《とうと》いと思う心は、人間を根源《こんげん》から支《ささ》えます。強くしてくれます。自尊心をもてない者は、根無《ねな》し草《ぐさ》のようにただ世の中を漂《ただよ》っているだけです」

根無し草。

聞いたことのない言葉だが、意味はわかる気がする。自分は、なんのよりどころもない根無し草なのだろうか。そう思うと、豪太郎はやりきれなくなる。

「だけど弱い自分も、やっぱりほんとうの自分なんだよ。おれにも篠田みたいに、まわりの目なんか気にしない強さがあればいいいんだけど」

ふたりの会話のすきまに、トントンという音が忍《しの》びこんでくる。音はしだいに大きくなっていくようだ。

篠田が眉根《まゆね》を寄《よ》せて、二階をうかがっている。

どうやら、そろそろ帰ったほうがよさそうだと、豪太郎が席を立とうとしたとき、篠田がひざに置いていた両手をぎゅっと握《にぎ》った。

「強くなんかありません。強くあろうとあがいているだけです。……ぼくの妹は八年前、三歳《さい》で亡《な》くなりました。母親はそれ以来、精神《せいしん》を病《や》んでいます。そんな母親から目をそらすように、父親は仕事ばかりでほとんど家にいません」

「えっ」

ぽかんと開いた豪太郎の口から、間の抜《ぬ》けた声が漏《も》れた。

篠田が語った言葉は、豪太郎の耳の底に沈《しず》んだまま、浮《う》かび上《あ》がってこない。

「母親が呼《よ》んでいるのです。もう何年も、ひきこもり状態《じょうたい》です。ふだんはじっとひとりで過《す》ごしていますが、ふっと不安に耐《た》えきれなくなるのでしょう。そういうときには、妹が好きだった絵本が並《なら》んだ本棚《ほんだな》を、あんなふうに小刻《こきざ》みにたたきはじめるのです」

彩《いろど》りをなくして灰色《はいいろ》っぽくかすむリビングに、トントンという音が、正確《せいかく》な時を刻《きざ》むように絶《た》え間《ま》なく響《ひび》いている。

豪太郎は開いたままの口を閉《と》じて、唇《くちびる》をきつくかみしめた。

「母はかわいそうな人です。妹を病弱な子に産んでしまったのは母親の責任《せきにん》だと、いつも自分を責《せ》めているのです」

篠田の声が、ひどく遠くから聞こえてくる。

「この家には、あらゆるところに妹の気配が漂《ただよ》っています。妹にせがまれて母が弾《ひ》いていたピアノ、妹が毎日触《ふ》れていた玄関《げんかん》の編《あ》みぐるみ、妹が好きだった庭の花の香り、二階の本棚《ほんだな》にずらりと並《なら》んだ絵本。転居《てんきょ》して環境《かんきょう》が変われば、母の気持ちも紛《まぎ》れたのかもしれません。しかし母は、頑《がん》としてここを離《はな》れようとはしませんでした」

昼と夜がすれ違《ちが》う時刻《じこく》だった。

灰色《はいいろ》の部屋の中に、白いカーテンがぼんやり浮《う》かんでいる。

二階から篠田を呼《よ》ぶ音が、いっそう大きくなってきた。篠田は深く吸《す》いこんだ息を、口からゆっくりと吐《は》き出《だ》して、

「ぼくは、目に見える世界だけがすべてだとは思いません」

と、いった。

「目に見えない世界を探《さが》しに、ぼくは宇宙《うちゅう》へ行きます。宇宙旅行などではありません。宇宙のなぞを探《さぐ》るためです。無重力状態《じょうたい》では、骨粗《こつそ》しょう症患者《しょうかんじゃ》の十倍の速さで骨量《こつりょう》が減《へ》ります。筋肉量《きんにくりょう》にいたっては、三か月で三十パーセント近くもの減少《げんしょう》です。宇宙探索《たんさく》に何年かかるかわかりませんが、あっという間によぼよぼの老人になってしまいますね」

篠田が白い歯を見せた。

けれども篠田のメガネの奥《おく》の目は、笑ってはいなかった。目元に暗い影《かげ》を漂《ただよ》わせて、ひたすらなにかに耐《た》えている。

そんな篠田にかける言葉は見つからない。

豪太郎は黙《だま》ったまま、篠田の薄《うす》い耳たぶをじっと見つめていた。

「それでは、いざ出陣《しゅつじん》です」

おどけた口調で宣言《せんげん》して、篠田が勢《いきお》いよく立ち上がった。長い足が、迷《まよ》いなく階段《かいだん》を上っていく。

そして、五段ほど上がったところで振《ふ》り向《む》いて、

「スノーボールクッキー、忘《わす》れずに持ち帰ってくださいね。……あと、倉橋先生の新着情報《じょうほう》でもあったら、また来てください。ぼくも先生のファンですから」

と、ひらひらと手を振った。

「ぼくもってなんだよ、ぼくもって……」

やっとの思いで、豪太郎はそれだけいった。

去《さ》り際《ぎわ》に勝手なことをいって、さっと身を翻《ひるがえ》してしまうのは、いつもの篠田のやりかただ。だが、いまの豪太郎は、なにもいい返す気にはなれない。

全身に張《は》りついた重苦しさを払《はら》いのけるようにして、豪太郎は玄関《げんかん》を出た。

あたりを見渡《みわた》すと、すっかり日の落ちた空を背景《はいけい》に、黒いシルエットになった家々が影絵《かげえ》のように浮《う》かんでいた。

ちらちらとまたたく星がひとつ、ふたつ。広大な宇宙《うちゅう》では、無数の星たちが重なりあうように輝《かがや》いているのだろう。篠田はそこへ行くという。

豪太郎は篠田の家の前にたたずんで、いつまでも墨色《すみいろ》の空をながめていた。

八、音のない家

今日は先生たちの研究会のため、部活動は全面中止だ。

放課後、豪太郎《ごうたろう》はわれ先に校門を飛び出して、ノンストップで家まで走った。

毎年五月に行われる校内マラソン大会でも、こんなに速く走ったことはない。豪太郎は、商店街の東の端《はし》にあるわが家に着くと、その足で八百彦《やおひこ》の店先に駆《か》けこんだ。そして、暇《ひま》そうに新聞を広げているとうさんに向かって、

「とうさん、お願いします。二千円、いや、千五百円でいいからこづかいください」

と、手をあわせた。

とうさんは、新聞からちらりと顔をのぞかせて、「ん?」となった。

「豪太郎がこづかいをせびるとは珍《めずら》しいなあ。花奈《はな》ちゃんに花束でも買うのか? あのなあ、インパクトのあるプロポーズなら、とうさんみたいに、特大の大根を花束に見立ててひざまずき、それから……」

「ちょっととうさん、おれいまものすごく急いでるんだ。いつでも店番するから、なんとか千五百円よろしくお願いします」

こうして、店番十五回分と引《ひ》き換《か》えにもらった千五百円を財布《さいふ》に入れて、豪太郎は駅前商店街にある文華堂書店《ぶんかどうしょてん》を目指して、ふたたび走り出した。

よかった、あった！

店内奥《おく》の「心理」と表示《ひょうじ》されているコーナーで、豪太郎はようやく息をついた。

そして目の前に並《なら》んでいる、

『がんばっている人におくるがんばらないための本』

という書籍《しょせき》を、棚《たな》からていねいに抜《ぬ》き出《だ》した。

このあいだ、篠田《しのだ》の家族のことを聞いて以来、そのことがずっと豪太郎の頭から離《はな》れなかった。それから豪太郎は、篠田の心の支《ささ》えになるような本を探《さが》しはじめた。そうして見つけたのが、ヤングケアラーに寄《よ》り添《そ》い、やさしく励《はげ》ましてくれるようなこの本だった。

そんなとき、豪太郎は倉橋《くらはし》先生から、

「豪太郎くん、せっかく篠田くんと仲よくなったんだから、教科のプリントや学級通信なんかを、持っていってくれないかしら」

と、頼《たの》まれたのだ。

ところが豪太郎は、編《あ》みぐるみに使う毛糸をまとめ買いして、所持金が三百二十円しかなかった。そこで、とうさんに借金して、気になっていたその本を買っていこうと決めたのだ。

セミの鳴き声が、意地になっているみたいな激《はげ》しさで、豪太郎を追いかけてくる。

このあたりの住宅地《じゅうたくち》には、ベンツとかアウディとか外車がやたらと目につく。篠田の家の駐《ちゅう》車場《しゃじょう》にも車がとまっていたが、いつもグレーのカバーに覆《おお》われていて、車種はわからなかった。

篠田の家に到着《とうちゃく》して、きっちりカバーのかかった車を横目にチャイムを押《お》す。

すると、すぐにインターフォン越《ご》しに、

「倉橋先生からご連絡《れんらく》をいただきました。どうぞ」

という、返事が返ってきた。

玄関先《げんかんさき》に姿《すがた》を見せた篠田は、クリーム色のシャツに紺《こん》のチノパンをはいていた。色白の肌《はだ》に、淡《あわ》いクリーム色が似合《にあ》っている。

豪太郎が、

「ちわーっす」

とおどけていうと、篠田は薄《うす》い笑《え》みを浮《う》かべて、豪太郎を部屋の中に招《まね》き入《い》れた。

豪太郎はその場に立ったまま、いま買ったばかりの、『がんばっている人におくるがんばらないための本』を差し出した。

「これ、すごくいい本なんだ。読んでみてくれよ」

豪太郎の鼻の穴《あな》が、得意《とくい》げにひくひく動く。だが篠田は、目の前の本と豪太郎を交互《こうご》に見ながら、

「よけいなことをしないでください」

といって、差し出された本を荒々《あらあら》しく押《お》し返《かえ》した。

「よけいなことって……おれは篠田のことが心配で、なんとか力になりたくて、あちこち探《さが》し回《まわ》ってこの本を選んだんだ」

「それがよけいなことだというんです」

篠田がぴしゃっときめつけた。整った二重《ふたえ》まぶたがつりあがっている。

「他人に心配してもらう必要などありません。ぼくは自力でしっかり生きています。同情《どうじょう》も援《えん》助《じょ》もあわれみもいっさいいりません。こんな本はすぐに持ち帰ってください」

けんか腰《ごし》でたたみかける篠田に、豪太郎の声もつい大きくなる。

「篠田はいつだってそうだ。自分のまわりに高い壁《かべ》を作って、そこから出てこようとしない。だけど、壁を越《こ》えて違《ちが》う空気を吸《す》うことだって、ときには必要じゃないのか」

「きいたふうなことをいわないでください。壁を作ろうが壊《こわ》そうが、こっちの勝手でしょう。

そういうのを、偽善者《ぎぜんしゃ》というんですよ。彦坂《ひこさか》豪太郎くんこそ、自分の生き方を再考《さいこう》したらどうですか」

「ああ、わかったよ！」

豪太郎は、思わず叫《さけ》んでしまった。

「おれなんて来ないほうがいいんだよな。もう来ないから安心してくれ」

スポーツバッグの中をひっかきまわして、倉橋先生から預《あず》かったプリント類をソファーの上に乱暴《らんぼう》に置くと、豪太郎は靴《くつ》のかかとを踏《ふ》みつぶしたまま玄関《げんかん》を飛び出した。

百メートルぐらい走ったところで、はきかけの靴がパカッと脱《ぬ》げた。

豪太郎は二、三歩あと戻《もど》りして、置き去りの靴をはき直した。そのまま舗道《ほどう》の真ん中に立ちつくしていると、うしろからクラクションを鳴らされた。豪太郎は道の端《はし》に車をよけると、肺《はい》の中にある空気を全部吐《は》き出《だ》すように息をついた。

少し先のバス停《てい》のところに、生《い》け垣《がき》に囲《かこ》まれた小さな公園が見える。豪太郎は足を引きずるようにして、だれもいない公園に入っていった。

赤と黄と青に塗《ぬ》りわけられたすべり台と、高さが少し違《ちが》う鉄棒《てつぼう》が二本並《なら》んでいる。楕円形《だえんけい》の砂場《すなば》には、だれかが忘《わす》れたプラスチックのシャベルが転がっていた。

豪太郎は、鉄棒《てつぼう》の横の木製《もくせい》のベンチに腰《こし》かけ、背中《せなか》を反らして空を仰《あお》いだ。

スローモーションのように大空を流れる雲をながめていたら、ふいに歩陸《あゆむ》の顔が浮《う》かんできた。

おとうさんやおかあさんと離《はな》れて、さびしい思いをしているのではないか。以前通っていた中学校で、また野球をやっているのだろうか。

歩陸が転校したときだれかが、

「あいつ、逃《に》げたな」

といったのを思い出した。だが、豪太郎は違《ちが》うと思った。歩陸は、自分のアイデンティティを守るために、ここを去ったのだ。歩陸はものすごく強い。だけど、ひどく傷《きず》ついていた。そんな歩陸を、自分は助けてあげられなかった……。

篠田からいわれた「偽善者《ぎぜんしゃ》」という言葉が、耳の奥《おく》で響《ひび》いている。

そのとき、公園の入り口でかん高い声がした。

豪太郎が振《ふ》り向《む》くと、そろいの黄色いTシャツを着た男の子たちが、顔を突《つ》きあわせていいあらそっている。

「にいちゃんずるいよ。それはぼくが買ったアイスだよ」

「違うよ。リョウちゃんのは、チョコのほうだよ。ソーダ味はにいちゃんのでしょ」

ふたりはバス停《てい》の前のコンビニで買ってきたアイスを、取りあいしているようだ。幼稚園《ようちえん》ぐらいの子たちだろうか。

「だから同じのにしなさいっていったでしょ。いつもそうなるんだから」

おかあさんはベビーカーを押《お》しながら、あたりをはばからず怒鳴《どな》っている。ベビーカーの赤ちゃんが、負けじと大声で泣き出した。

「にいちゃんのうそつき」

「リョウちゃんとはもう遊ばない」

「もうママ、知らないから。そうやってけんかしてるうちに、アイスはどろどろに溶《と》けちゃうんだからね」

三人のやりとりを聞きながら、豪太郎は苦笑《くしょう》した。うちと同じ三人きょうだいだ。あの赤ちゃんがもう少し大きくなったら、もっとたいへんなことになるだろう。

豪太郎の家はいつも騒《さわ》がしい。とうさんとかあさんはひっきりなしにしゃべっているし、紅葉《もみじ》ねえちゃんと葉月《はづき》の口げんかは大音響《だいおんきょう》だ。かあさんはテレビの韓流《ハンりゅう》ドラマをつけっぱなし、紅葉ねえちゃんの部屋からはロックミュージックがガンガン聞こえてくる。この環境《かんきょう》でテスト勉強をしている自分はものすごい忍耐力《にんたいりょく》の持ち主だと、豪太郎はいつも思う。

気づくと、親子連れの姿《すがた》は消えていた。

公園はまた静かになった。車はほとんど通らず、ベンチに日陰《ひかげ》を作るポプラの葉音まで聞こえてきそうだ。

篠田の家では、なんの音がするんだろう……。

豪太郎は静けさの中で、そんなことを考えた。

おとうさんとおかあさん、そして篠田と妹。八年前までは、にぎやかな四人家族だったのだろう。それがいまは三人。おとうさんは不在《ふざい》がち、おかあさんは二階にこもっているという。

いつ訪《たず》ねても庭の花が生けてある、きれいに整とんされた篠田家のリビング。彦坂家のリビングには、新聞やらスナック菓子《がし》やら片《かた》っぽだけの靴下《くつした》やら、いろいろなものが散らばっていて雑然《ざつぜん》としている。花を生けようにも、わが家には花瓶《かびん》がどこにあるのかもわからない。

それでも、豪太郎の家には「音」があった。

なにげない会話、はじけるような笑い、激《はげ》しい口論《こうろん》、楽しげな鼻歌、いらだち混《ま》じりの叫《さけ》び声《ごえ》。五人がいっしょに暮《く》らしている「音」が、いつだって聞こえてくる。

篠田の家には「音」がない。聞こえてくるのは二階から響《ひび》く、あのトントンという孤独《こどく》な呼《よ》び声《ごえ》だけだ。

そう思った瞬間《しゅんかん》、豪太郎はベンチを立っていた。

そしてためらうことなく、篠田の家へと引き返した。

紅色《べにいろ》の花をつけたサルスベリの角を曲がったところで、篠田がこっちに向かってくるのが見えた。肩《かた》にトートバッグを提《さ》げて、うつむきがちに歩いている。

豪太郎の足が、ぴたりと止まる。

サルスベリの陰《かげ》に隠《かく》れようかどうしようかと、豪太郎がぐずぐずしていると、篠田が顔を上げた。

ふたりの視線《しせん》が交錯《こうさく》する。

豪太郎のみぞおちのあたりが、ぎゅっと縮《ちぢ》こまった。頭の中が、猛《もう》スピードでぐるぐる回り出す。が、うまい言葉は見つからない。

そのうちに篠田がどんどん近づいてきて、豪太郎の前で立ち止まった。篠田は、つるりとしたサルスベリの樹皮《じゅひ》を無表情《むひょうじょう》になでながら、

「買い物に行くところです。母が眠《ねむ》ったようなので、そのあいだにと」

と、告《つ》げた。

いつもと変わらない愛想《あいそ》のない口ぶりに、豪太郎は急におかしさがこみあげてきた。

「さっきはごめん」

豪太郎は、思い切ってそういった。

少し唇《くちびる》をとがらせて篠田を上目づかいに見ると、篠田も唇をとがらせて豪太郎を見ていた。

「ぼくのほうこそすみませんでした」

互《たが》いにいいあうと、会話がとぎれた。

なにか話題になるものはないものかと、豪太郎は周囲《しゅうい》をながめ回してみたが、夕暮《ゆうぐ》れ迫《せま》る街角には、野良猫《のらねこ》すら見あたらない。

「そうだ」

篠田が、思いついたようにいった。

「彦坂豪太郎くん、もし時間があったら、すぐそこのスーパーで買い物をお願いできませんか」

「えっ、買い物？　買い物って……ああ、買い物な。うん、いいよ、いいよ。なんでも買ってくるよ。遠慮《えんりょ》なくいってくれよ」

豪太郎はいまにも駆《か》け出《だ》しそうにしながら、篠田を見上げた。

「助かります。母が起きないうちに短時間で買い物するのは、かなり厳《きび》しいものですから」

篠田はそういって、肩《かた》に提《さ》げていたトートバッグと財布《さいふ》を豪太郎に預《あず》けた。

「走り書きですみませんが、これが買い物メモです。ないものがあったら、適当《てきとう》に代替《だいが》え品《ひん》を見繕《みつくろ》って買ってきてください」

篠田と別れて、豪太郎は近くのスーパーマーケットに向かった。

そろそろ夕飯の支度《したく》をする時間帯で、食品売り場は混《こ》みあっている。豪太郎は、色とりどりの野菜が並《なら》ぶコーナーに立ち止まって、篠田から渡《わた》された買い物メモを広げた。

卵《たまご》　Sサイズ十個《こ》入り　百七十三円（ひとり一点限《かぎ》り）
低脂肪牛乳《ていしぼうぎゅうにゅう》　百六十四円　※カバンに余裕《よゆう》があれば二パック購入《こうにゅう》
豚《ぶた》切り落とし肉　百グラム百十九円（タイムセール）を二百グラム程度《ていど》

……


モデルロケットの説明文と同様、きちょうめんな文字がびっしり並んでいる。

豪太郎は、かあさんに頼《たの》まれてよく買い物に行くが、かあさんはメモなんか渡さない。「豚肉と卵と牛乳お願いね」のひとことだけだ。そのくせ、赤卵は色だけ高級っぽいけど中身はおんなじ卵なんだから、白い卵でよかったのにとか、味は変わらないのに国産肉はやたら高いから、アメリカ産にしてほしかったとか、あとで文句《もんく》ばかりいう。

「ふうん。ティッシュペーパーも特売品か」

豪太郎はひとりごとをいいながら、メモに書かれている品物をかごに入れていく。

篠田の家には、「クリーム成分を含《ふく》んだ潤《うるお》いがずっと続きます」などと宣伝《せんでん》している、高級三枚重《まいがさ》ねのティッシュがふさわしいのに、ちょっと意外な気がした。

家計のやり繰《く》りも、たいへんなんだろうな……。

税込《ぜいこ》み二十一円の緑豆もやしを手に取ったまま、豪太郎は視線《しせん》を泳がせる。

おとうさんがどんな会社に勤《つと》めているのか知らないが、あの家のローンだって残っているんじゃないか。おかあさんの医療費《いりょうひ》も、それなりにかかるはずだ。篠田はおとうさんから渡《わた》された生活費の範囲内《はんいない》で、家計簿《かけいぼ》をつけたりしながら、日々の暮《く》らしを守っているのだろう。

そんなことを考えはじめたら、ぐずぐずしていられなくなった。

小走りに店内を巡《めぐ》って買い物をすませると、豪太郎は大急ぎで篠田の家へ戻《もど》った。


豪太郎がインターフォンを押《お》すと、すぐに篠田が顔をのぞかせた。

「突然《とつぜん》やっかいなお願いをして、申しわけありませんでした」

豪太郎をリビングに招《まね》き入《い》れ、篠田が麦茶を出してくれた。

氷がカランと涼《すず》しげな音を立てる。豪太郎ののどを、冷えた麦茶が伝っていった。

篠田はそのままキッチンに移動《いどう》して、豪太郎が買ってきた品物を、手際《てぎわ》よく冷蔵庫《れいぞうこ》にしまっている。

「助かりました。母をひとりにしておくのは、やはり心配ですので」

ちらっとキッチンに視線《しせん》を向けると、大小さまざまの保存容器《ほぞんようき》できちんと整理整とんされた、冷蔵庫《れいぞうこ》の中身が目に入った。

豪太郎の胸《むね》が、またうずく。

「ふだん、買い物とかどうしてるんだよ。都合よくおかあさんが寝《ね》てくれるとは限《かぎ》らないだろ。篠田ひとりでだいじょうぶなのか?」

豪太郎がうしろ姿《すがた》に問いかけると、篠田がぱっと振《ふ》り向《む》いた。

「あ、いや。ちょっと気になっただけでさ。べつに、答えてくれなくてもいいよ」

慌《あわ》てて豪太郎が手を振ると、篠田は冷蔵庫の扉《とびら》を閉《し》めてリビングへ歩いてきた。そして、自分も一口麦茶を飲むと、

「母の姉が近くに住んでいるので、ときどきようすを見に来てくれます。職場《しょくば》体験のときも、そのおばに母を見てもらいました。母は、他人と接《せっ》することをいやがりますが、家にいればわりと落ちついているので、さほど手はかかりません。父だって、深夜には帰宅《きたく》しますから。祖《そ》父母《ふぼ》も同居《どうきょ》しようといってていますので、いざとなれば、頼《たよ》ることもできますし」

と、ひとごとみたいな口調でいった。

「だったら」

と、豪太郎は思わず声をあげた。

「毎日とはいわないまでも、たまには登校できるんじゃないのか？　篠田なら中学校の生活にもすぐになじんで、友だちもできるはずだよ。勉強はばっちりだろうから、授業《じゅぎょう》にも速攻《そっこう》で慣《な》れると思うんだ」

勢《いきお》いこんで告《つ》げた豪太郎に、篠田が言葉を返す。

「自分がヤングケアラーだとうわさされていることは、知っています。実際《じっさい》、民生委員《みんせいいいん》さんや学校のスクールカウンセラーさんが、何度も訪《たず》ねていらっしゃいました。しかし母の介護《かいご》は、ヘルパーさんやおばに頼《たの》むこともできます。ぼくが、あえてその方法を選択《せんたく》しないだけのことです。ぼくは、自分の生き方は自分で決めています。家族を守ることより学校に行くことのほうが大切だとは、ぼくには思えないのです」

豪太郎の頭に、とうさんやかあさん、紅葉ねえちゃんや葉月の顔が浮《う》かんだ。

みんな大切な家族だ。だけど自分は、篠田ほどの強い気持ちで家族を守ることができるだろうか。そう自分に問いかけてみると、自信をもってうなずくことができない。

豪太郎は、テーブルの上の麦茶に手を伸《の》ばした。さっきは感じなかった苦味が、口の中に広がる。

篠田が窓《まど》の外へ視線《しせん》を移《うつ》しながら、ひとりごとみたいにつぶやいた。

「そもそも、ぼくはインドア派《は》なんですよ。それに書籍《しょせき》でもなんでも、宅配《たくはい》サービスを利用すれば、いながらにして手に入りますからね。実に便利な世の中です」

部活に勉強にそれから店番にと、毎日忙《いそが》しく過《す》ごしている豪太郎は、趣味《しゅみ》の編《あ》みぐるみ作りに費《つい》やす時間がもっとほしいと、いつも思っていた。それでも、一日中家にこもって編みぐるみを作り続けていたら、きっとそのうち飽《あ》きてしまうだろう。

篠田は、映画館《えいがかん》に行ったことはあるのだろうか。

青空の下《もと》で、思い切りスポーツをしてみたくならないだろうか。

豪太郎は、篠田の横顔に無言で問いかけてみる。篠田は豪太郎の視線を、さりげなく受け流すようにして、

「だいぶ遅《おそ》くなってしまいました。今日の夕飯はしょうが焼きですから、漬《つ》け汁《じる》に漬けておかないと」

と、そのままキッチンに入って、調理台の上に豚肉《ぶたにく》やしょうがを並《なら》べはじめた。

九、太陽とタイヨウ

夏休み間近の祝日、暁《あかつき》の海岸に各町内の神輿《みこし》が集結する夏祭りが行われる。

祭りの日は、毎年真夜中の二時ごろになると、「ドッコイドッコイ」という独特《どくとく》のかけ声が、闇《やみ》をこじ開けるようにあちこちから聞こえてくる。

「ほら、豪太郎《ごうたろう》。三時にはお神輿が出ちゃうんだから、早くしなさいよ！」

豪太郎の部屋のドアがいきなり開いて、夜のしじまを破《やぶ》るキンキン声が響《ひび》いた。

ふとんのすきまから薄目《うすめ》を開けてのぞくと、すでに法被《はっぴ》を身につけてねじり鉢巻《はちまき》きをしたかあさんが立っている。毎年彦坂家《ひこさかけ》は、この夏祭りに家族総出《そうで》で参加するのが恒例《こうれい》なのだ。

「今年はやめとく……」

頭のてっぺんまでふとんを引き上げて、豪太郎はくぐもった声で答えた。

「このかけ声を聞いても血が騒《さわ》がないの？　かあさんなんて、寝《ね》てろっていわれたって飛び起きちゃうわよ」

ぜんぜん騒《さわ》がない。

今日は祭りがあるため部活もないので、久《ひさ》しぶりに遅《おそ》くまで眠《ねむ》っていたい。それに去年は神《み》輿《こし》を担《かつ》ぐとき、念のために尿《にょう》もれパッドをつけた。パッドは、何度つけても慣《な》れるということがない。パッドをつけるたびに豪太郎は、自分の心の一番神聖《しんせい》な部分を、泥《どろ》だらけの靴《くつ》で乱暴《らんぼう》に踏《ふ》みつけられているような気持ちになる。

「ママ、ほっときなよ。早くしないと、お神輿のいいポジション取れなくなっちゃうよ」

妹の葉月《はづき》も、ダボと呼《よ》ばれる白シャツと白ズボンを着て、準備万端《じゅんびばんたん》だ。中学一年生の葉月は、祭りやコンサートなどのイベントが大好きで、友だちとしょっちゅう出かけている。

「もうっ、わが家の男たちは情《なさ》けないんだから。紅葉《もみじ》は一時間も前に花奈《はな》ちゃんと出かけたっていうのに。あんた、そのうち花奈ちゃんにも愛想《あいそ》つかされるわよ」

そうなったら願ったりだ。

豪太郎はふとんにもぐりこんだまま、バタバタ音を立てて階段《かいだん》を下りていくふたりの足音を耳の端《はし》で追っていた。

こんなふうにいつも豪快《ごうかい》なかあさんだが、豪太郎の尿もれには心を痛《いた》めていた。

豪太郎はかあさんに心配をかけないように、使用済《しようず》みのパッドはこっそり自分で捨《す》てるようにしているが、かあさんは全部わかっているのだろう。敷《しき》ぶとんとシーツのあいだに、さりげなく防水《ぼうすい》シーツを敷《し》いてくれているし、夜、漏《も》らしてしまったときは、家族にはわからないようにシーツを交換《こうかん》してくれる。漢方薬は効果《こうか》がなかったので、この夏休みには東京の専門医《せんもんい》を受診《じゅしん》しようといって、いろいろな病院を調べてくれてもいる。

このごろ豪太郎は、来年の修学旅行《しゅうがくりょこう》が心配でならない。

野球やシューティングゲームをするわけではないのでだいじょうぶだとは思うが、尿《にょう》もれパッドをつけていこうかどうか悩《なや》んでいる。だが、「修学旅行の罰《ばつ》ゲームでズボン下ろされちまったぜ」などと、先輩《せんぱい》が話しているのを聞くとドキリとする。もしもパッドを見られてしまったら、と思うと気が気ではない。

かあさんは、「事前に担任《たんにん》の先生に話しておくわよ」というが、来年も倉橋《くらはし》先生が担任だったら……想像《そうぞう》しただけで身が縮《ちぢ》む。修学旅行は欠席でもいいや、と、豪太郎はそんなことまで考えてしまう。

階下から、「とうさん、先に行ってるからね」という、しびれを切らしたような声が聞こえてきた。かあさんと葉月は、ようやく家を出たようだ。さっきまで豪太郎の耳の奥《おく》でちりちりと気配をうかがっていた耳鳴りも、いつの間にか消えてしまった。

豪太郎は、遠く聞こえるかけ声のリズムに包まれながら、ここちよい二度寝《にどね》へと落ちていった。

豪太郎がふたたび目覚めると、神輿《みこし》のにぎわいは消えて、町は人気《ひとけ》なく静まり返っていた。神輿は、すでに海岸へ出てしまったのだろう。ぐっすり眠《ねむ》ってすっきりした豪太郎は、天井《てんじょう》に向かって大きく伸《の》びをした。

「そうだ、今日こそばあちゃんちに行こう！」

豪太郎は大急ぎで着替《きが》えをすますと、文化部発表会で展示《てんじ》した、ぶたとオカピと一対《つい》のシーサーをリュックに入れて、愛車のクロスバイクにまたがった。

空が高い。

二十四段《だん》のギアを使ってもへばってしまう道のりが、今日は少しも疲《つか》れない。いつもなら気づかない、「チュルリピチュルリ」というヒバリのさえずりも、くっきり耳に届《とど》いてくる。部活がない日は、からだが軽く感じられる。そして気持ちはもっと軽い。

豪太郎の家から、四十五分でばあちゃんの家に到着《とうちゃく》した。最速記録だ。

「ばあちゃん、おれだよー」

玄関先《げんかんさき》のしゃれた寄《よ》せ植《う》えをながめながら、豪太郎が大声で叫《さけ》んだ。するとすぐに、

「あら、豪ちゃん。開いてるよ」

と、よく通る声が家の中から響《ひび》いてきた。

「ばあちゃん、カギをかけておかなきゃだめだって。いつもいってるだろ。ひとり暮《ぐ》らしのお年寄《としよ》りは、狙《ねら》われやすいんだから」

豪太郎はそういいながら部屋の中に入ると、畳《たたみ》の上に大の字に転がった。縁側《えんがわ》に垂《た》らしたよしずを揺《ゆ》らして、涼《すず》しい風《ふ》が吹きこんでくる。

「豪ちゃんが来るとわかってたら、カギをかけといたのにねえ」

ばあちゃんが笑いながら、お手製《てせい》の梅ジュースを運んできた。

「電話する間《ま》も惜《お》しかったんだよ。……そうそう、このあいだはありがとう。篠田《しのだ》、蛍《ほたる》を見られて感動したって。夕飯までごちそうになっちゃって、ばあちゃんによくお礼をいっておいてくださいってさ」

澄《す》んだ夜空にちらちら舞《ま》っていた蛍。それを篠田に見せられてよかったと、豪太郎はあらためて思う。

「今日は夏祭りでしょ。お神輿《みこし》、担《かつ》がなかったの？　毎年、家族みんなで担いでたのに」

「うん……。おれ、これから担ぐのやめようかな」

豪太郎はガラスのコップをちゃぶ台の上に置いて、視線《しせん》を落とした。ばあちゃんがじっと見ているのを感じる。それでも豪太郎は、顔を上げられなかった。

「まわりにあわせることばかり考えてると、疲《つか》れるだけだよ。自分に正直に生きるのは、わがままなことじゃないんだから」

耳元で、ばあちゃんの穏《おだ》やかな声がした。豪太郎は、

「おれは自分に正直に生きているか」

と、胸《むね》の内に問いかけてみる。

これは仮《かり》の姿《すがた》なんだと、つねにいい聞かせながら活動している野球部。いつもまわりから浮《う》かないように気をつかって、友だちのペースにあわせて過《す》ごしている教室。心をこめて作った編《あ》みぐるみは、小坂郁美《こさかいくみ》という名前でしか日の目を見ることができない。そして、歩陸《あゆむ》の生きかたに共感しながらも、けっきょく歩陸に寄《よ》り添《そ》ってあげられなかった。

それで、自分に正直に生きているといえるのか――。

耳の奥《おく》のほうから、ブーンというかすかな音が聞こえてきた。ミツバチが息を潜《ひそ》めて、ようすをうかがっている気配がする。豪太郎は、両手で耳をふさいで首を振《ふ》った。

「豪ちゃん、編みぐるみの新作はできたの」

ばあちゃんが心配そうに豪太郎をのぞきこんでいる。

豪太郎は、弾《はず》みをつけて立ち上がると、部屋の隅《すみ》に置いてあったリュックから、編みぐるみを取り出した。

「これ、自分で編み図を作って編んだんだ。けっこううまくできたよ」

「へえー、自分で編《あ》み図《ず》をねえ。そこまでやるとは、豪ちゃんもプロ並《な》みだね」

ぶたとオカピとシーサーの編みぐるみを手に、ばあちゃんはすっかり感心している。それを見て、豪太郎もようやく気持ちが晴れてきた。

「ばあちゃん。おれ、朝めしも食べてないんだ。なんかない？」

「ちょうど鮭《さけ》を焼いてたところ。ご飯も炊《た》けてるから、豪ちゃんが好きなでっかいおにぎり作ってあげるよ。さ、この子たちをギャラリーに並《なら》べてあげて」

ばあちゃんは編みぐるみを豪太郎に手渡《てわた》して、台所へ入っていった。豪太郎は、受け取った編みぐるみを持って十畳間《じょうま》へ向かった。

松の木が描《えが》かれたふすまを開けると、薄暗《うすぐら》い押《お》し入《い》れの中に据《す》えられたダンボール箱のひな壇《だん》に、豪太郎が作った編みぐるみが所狭《ところせま》しと並んでいた。

「新入りのオカピとシーサーは二段目《だんめ》。ぶたは一番上」

豪太郎はひとりごとをいいながら、四体の編みぐるみをひな壇の上に置いていった。

最上段には、ぶたの編みぐるみが三十体近く並べられている。豪太郎が、もっとも得意《とくい》とするモチーフだ。ぶたの編みぐるみは奥《おく》が深い。毛糸の色はさまざまで、緑のぶたなんていうのも案外おもしろい。帽子《ぼうし》やサスペンダーなどの小物も似合《にあ》うし、よつんばいも立《た》ち姿《すがた》もいける。しっぽのアレンジにいたっては、アイデアは無限大《むげんだい》だ。

「豪ちゃん、おにぎりできたよ。せっかくだから縁側《えんがわ》で食べようか」

「いいねー」

豪太郎は台所に向かって返事をすると、ひな壇《だん》のちょうど真ん中あたりに置かれている、薄《うす》汚《よご》れたムーミンをちょんちょんとなでて、松の木のふすまをていねいに閉《し》めた。

ご飯から飛び出すくらいにたっぷり鮭《さけ》が入ったでっかいおにぎりを三つ食べたら、もう動けなくなった。

ばあちゃんといっしょに縁側に腰《こし》かけて、ちぎれ雲の追いかけっこをながめていると、豪太郎はおなかばかりでなく、胸《むね》までいっぱいになってきた。

「あっ、豪ちゃん！」

ばあちゃんが声を潜《ひそ》めて、神社に向かって伸《の》びる小道を指さした。

豪太郎が目を凝《こ》らすと、梅の古木のあいだを縫《ぬ》うようにして、小刻《こきざ》みに頭を揺《ゆ》らしながら近づいてくるキジの姿《すがた》があった。

「ばあちゃん、オスだよ」

豪太郎は小声でいった。パッと目を引く赤い顔に、光沢《こうたく》のある青色ののど。腹《はら》のあたりの鮮《あざ》やかな緑色が、夏の日差しに明るく映《は》えている。

「やっぱりオスはきれいだねえ。ここへ来るのは、メスが多いんだけど」

「篠田に見せてやろう！」

ひとこと叫《さけ》んで、豪太郎はスマートフォンでキジの写真を撮《と》りはじめた。少し距離《きょり》があるが、ズームにすれば、どうにかオスの特徴的《とくちょうてき》な赤い顔も写りそうだ。

豪太郎が夢中《むちゅう》で写真を撮っていると、ふいにキジが首を長く伸《の》ばして、

「ケッケーン、ケッケーン」

と、しゃがれ声で鳴いた。そうして一瞬《いっしゅん》、豪太郎のほうに顔を向けると、つややかな羽を大きく広げて鎮守《ちんじゅ》の森の向こうに飛び去った。

「おれ、篠田に写真見せに行ってくる」

「そうだね、きっとびっくりするよ。今度は実物を見においでって、伝えておいて」

豪太郎は撮影《さつえい》した写真を確認《かくにん》すると、すぐに篠田の家へ自転車を走らせた。

見慣《みな》れたえんじ色の門にたどり着いた豪太郎は、インターフォンを押《お》そうとして、ふと指を止めた。

連絡《れんらく》なしで訪問《ほうもん》するのははじめてだ。

おかあさんは、落ちついているだろうか。休日だって、おとうさんは不在《ふざい》なのだろう。篠田

ひとりで、忙《いそが》しく家事をこなしているのではないだろうか。

そう考えたら、キジの写真を撮《と》ったことぐらいでここへ来た自分が、なんだか子どもじみて感じられた。今日はこのまま帰宅《きたく》して、キジの写真は、またなにかのついでに見せればいいという気がしてきた。

豪太郎は、「SHINODA」と書かれた表札に目をやってから、ゆっくり歩きはじめた。

と、同時に玄関《げんかん》のドアが開いて、篠田が姿《すがた》を現《あらわ》した。

髪《かみ》がだいぶ短くなっている。

「あれっ、彦坂豪太郎くん。なにか用事ですか」

篠田は手に、黄色いごみ袋《ぶくろ》を提《さ》げていた。火曜の午後は、燃《も》えるごみの収集車《しゅうしゅうしゃ》が来る。ちょうどごみ出しをするところだったのだろう。

「いや、用ってほどのことじゃないんだけど。……いまばあちゃんちで、キジの写真を撮ってきたんだ」

篠田の顔が、ぱっと輝《かがや》く。

「そうですか。キジが来たんですね。写真を持ってきてくれたんですか」

「プリントアウトはしてないんだ。スマホの画面だから、見にくいと思うけど」

豪太郎は写真を拡大《かくだい》して、篠田に見せた。

「ほおー、オスじゃありませんか。キジってけっこう大きいんですね。赤と緑のコントラストが、実にあでやかです」

写してきた写真を、豪太郎は篠田に順々に見せた。篠田は、豪太郎の説明にうなずきながら、じっと写真に見入っていた。

「ばあちゃんが、本物を見においでっていってたよ」

写真を見せ終わってそう伝えると、もう話すことはなかった。

ごみ袋《ぶくろ》を手に、所在《しょざい》なさそうに立っている篠田を見ていると、豪太郎は急《せ》きたてられるような気持ちになってきた。

「あ、それ、捨《す》ててくるよ。ごみ捨て場、どこ?」

豪太郎は、篠田が持っていたごみ袋に手をかけた。篠田家のごみは、五人家族の豪太郎の家のごみとは比《くら》べものにならないくらい、軽くて少ない。

「だいじょうぶです。ごみの集積所はわかりにくいので、説明するより自分で捨てに行ったほうが早いですから」

篠田が、豪太郎から黄色いごみ袋を奪《うば》い返《かえ》すようにしていった。

そんなふうにいわれると、引くに引けなくなる。豪太郎は一歩前に出て、篠田の腕《うで》をつかんだ。

「じゃあ、ほかになんかないのか。買い物はこの前行ったから慣《な》れたもんだし、掃除《そうじ》だって洗濯《せんたく》だってできるぞ。おれの親、人使いが荒《あら》くてさ。なんでもやらされてるんだ」

なにもありませんと、豪太郎の申し出にいったんは首を横に振《ふ》った篠田が、ふと、考えるような表情《ひょうじょう》を浮《う》かべた。

「それではすみません、ひとつだけ……」

豪太郎が身を乗り出して、篠田を見つめる。

「オセロの手合わせをお願いしたいのです」

豪太郎のからだから、一気に力が抜《ぬ》けた。

「オセロってあの、白と黒の石ではさむゲームのことか？」

篠田はうなずいて、「少しお待ちください」といってごみを捨《す》てに行った。それから玄関《げんかん》のドアを開けて、豪太郎をリビングへ招《まね》き入《い》れた。

「ぼくは、筋《きん》トレを毎日かかさず行っています。腹筋《ふっきん》も腕立《うでた》ても、五十回は軽くこなせます。体力作りは、ひとりでもじゅうぶん可能《かのう》です。しかしオセロは、相手がいないことにはできません。一度腕試《うでだめ》ししてみたかったのです」

やけに真剣《しんけん》な目で、篠田がいった。それを聞いて、豪太郎もだんだん乗り気になってきた。豪太郎の家ではかあさんがオセロ好きで、小学生のときは、よく相手をさせられたものだ。オセロの腕《うで》には自信がある。

「ここんとこ、オセロなんかやったことないけど、おれでよかったら相手になるよ。で、オセロのボードとかはあるのか」

篠田は階段下《かいだんした》の収納《しゅうのう》スペースを探《さぐ》って、長方形の大きな箱を引《ひ》っ張《ぱ》り出《だ》してきた。篠田はその中から、黒いマス目で区切られたおなじみの緑色のボードを出して、テーブルの上に広げた。すると篠田は、いきなり「じゃんけんポン」といって、豪太郎の目の前にグーを出した。慌《あわ》ててあと出しした豪太郎は、チョキで負けてしまった。

「それではぼくは、黒を選ばせていただきます」

ボードの中央にふたつの黒石を置いた篠田の目が、鋭《するど》く光った。いつも冷静沈着《れいせいちんちゃく》な篠田は、いかにもボードゲームが得意《とくい》そうだ。豪太郎の指先に、ぐっと力がこもる。

ボードに石が並《なら》ぶにつれて、一気にひっくり返せる石の数が増《ふ》えてくる。篠田は表情《ひょうじょう》を変えずにゲームを進めていたが、縦横斜《たてよこなな》めあわせて八個《こ》の白石を裏返《うらがえ》したときには、得意そうに鼻をふくらませた。逆《ぎゃく》に、豪太郎から予想外の反撃《はんげき》を食らったときは、軽く舌打《したう》ちしたり、天を仰《あお》いだりするようになった。

そのうち豪太郎が、左下の隅《すみ》を取った。

「よっしゃー」

豪太郎はガッツポーズをしたが、篠田は、とりたてて悔《くや》しそうな顔も見せなかった。ついで右下、右上、左上と豪太郎が四隅《よすみ》をすべて制《せい》したが、あいかわらず篠田は平然と構《かま》えている。終盤《しゅうばん》近くまでは、ボード上には黒石が多かったが、豪太郎が四隅を取ったことで、あれよあれよという間に白石が増《ふ》えて、最終的には大差で豪太郎が勝った。

豪太郎は、篠田がわざと手を抜《ぬ》いたのではないかと疑念《ぎねん》を抱《いだ》いた。だが篠田が、

「彦坂豪太郎くん、ものすごく強いですね。最後の逆転劇《ぎゃくてんげき》、あれはまさに奇跡《きせき》です」

と、さも感心したようにいったとき、はっきり気づいた。篠田は小学校低学年の子ども並《な》みにオセロが弱いのだ、ということに。

「もう一番、お願いします」

篠田が悔しさをにじませた声で、頭を下げた。豪太郎は笑いをかみ殺《ころ》して、

「いいよ。何度でもやるよ」

と、今度は先に「じゃんけんポン」とパーを出したが、チョキを出されて負けてしまった。やはり、篠田は豪太郎がにらんだとおり、四隅を取ることの重要性《じゅうようせい》も知らない初心者だった。

豪太郎ははじめて篠田に優位《ゆうい》に立てた気がして、妙《みょう》にうれしかった。篠田が「もう一番」と、無念そうに見上げるたび、豪太郎は得意満面《とくいまんめん》でうなずいた。

けれども篠田は、勝負を重ねていくうちにぐんぐん腕《うで》を上げていった。隅《すみ》を取ることはもちろんのこと、序盤《じょばん》からあまり取りすぎないこと、相手の石に囲《かこ》まれているほうが有利になること、少し先の手まで考えて石を置くこと、などといったオセロ必勝法をみずから体得《たいとく》していった。

そしてゲーム開始後、二時間近くが経過《けいか》したとき、

「勝ちました！　黒石三十三個《こ》です」

と、篠田が興奮《こうふん》した声をあげた。

「やられた、おれの負けだ。最後の最後にひっくり返されちゃったな」

篠田は、これまで見せたこともないような笑顔《えがお》を、豪太郎に向けた。

「長時間つきあわせて、申しわけありませんでした。飲み物もお出ししませんでしたね」

そういって、篠田はアイスコーヒーを運んできた。

のどがからからに渇《かわ》いていたことにも、豪太郎は気づかなかった。のどを鳴らしてアイスコーヒーを飲んでいると、篠田があらたまった口調で、豪太郎に語りかけた。

「ぼくは毎日、自宅《じたく》でかかさず勉強しています。倉橋先生が届《とど》けてくださる定期テストも、全教科九十五点以上取っていますし。学校に行かないと社会性《しゃかいせい》が身につかないなどといわれますが、学校に通っていても社会性のない人はたくさんいます。だからぼくは、不登校であるデメ

リットは感じません。でも……」

そこで篠田は、一度言葉を切ってから続けた。

「今日は楽しかったです。写真も、わざわざ見せに来てくれて、ありがとうございます」

深くお辞儀《じぎ》をした篠田の表情《ひょうじょう》はわからない。

それでも豪太郎には、少し恥《は》ずかしそうに笑《え》みを浮《う》かべている篠田の顔が、ありありと見える気がした。

なんだか豪太郎は、照れくさくなってしまった。

「あっ、そうそう。写真っていえば、職場《しょくば》体験のとき職員さんが撮《と》ってくれた写真、学校に届《とど》けてくれたんだ。それも今度持ってくるよ。篠田、動物好きだからな」

豪太郎がさりげなく話題を変えると、ちょっとふてくされたような感じで、篠田が顔を上げた。

「べつに、動物が好きというわけではありません」

「でも、動物好きじゃなかったら、動物愛護《あいご》センターなんかには行かないだろ。動物の世話、あんなに一生懸命《いっしょうけんめい》やってたし」

篠田がテーブルの上で指を組んだ。細い指先の爪《つめ》は、きれいに切りそろえられている。

「タイヨウの手がかりが見つかるかもしれないと、思ったのです」

「タイヨウ？」

「うちの犬です」

豪太郎がびっくりして、あたりを見回す。

「いまは、ここにはいません。妹が亡《な》くなってすぐに、行方不明になりました」

動物愛護《あいご》センターでの篠田の姿《すがた》を、豪太郎は思い出した。

迷子《まいご》の動物たちの写真を、いっしんに見ていたまなざし。

「妹は、生まれつき病弱でした。ですから、家の中にいることが多かったのです。そのうえ、人見知りが激《はげ》しかったので、いつもぼくのそばにくっついてばかりいました」

整った篠田の横顔が、すぐそばにあった。

その左の目尻《めじり》に、豪太郎は小さな泣きぼくろを見つけた。いままで気づかなかったのが不思議だった。

「妹は、毎日外で元気に遊びたかったのです。でも、太陽の光が降《ふ》り注《そそ》ぐ暖《あたた》かい日でなければ、外には出られませんでした。そこで両親は、妹のためにマルチーズを飼《か》いはじめました。真っ白い滑《なめ》らかな毛の、大きな丸い目をした犬です。妹は一目で気に入って、いつもいっしょに過《す》ごしていました」

マルチーズがどんな犬なのか、豪太郎は知らなかった。

それでも、篠田に似《に》たかわいらしい女の子が、ぬいぐるみみたいな白い犬と戯《たわむ》れているようすが、すぐに想像《そうぞう》できた。

「太陽の明るい光が、妹は大好きでした。だから、犬にもタイヨウという名前をつけたのです。妹はよくいっていました。おひさまのところに行きたい、おひさまのところに行けば元気になれる。そうすれば毎日お外で、おにいちゃんやタイヨウといっぱい遊べる、と」

豪太郎は、窓《まど》の外に目を向けた。

太陽は、向かいの家の屋根の真上に見えた。カーテン越《ご》しに、まぶしい光がこぼれてくる。

「ぼくは、おひさまはものすごく熱いんだから近くに行ったら焼けちゃうよ、と妹に教えました。すると妹は、少しの曇《くも》りもない、澄《す》んだ瞳《ひとみ》でぼくをじっと見て、『焼けてもいい。おにいちゃんとタイヨウとお外で遊べるなら、焼けちゃってもいいもん』といったのです」

篠田の息づかいが、ふたりのあいだの空気を震《ふる》わせる。その震えが、豪太郎の胸《むね》に深く染《し》みていった。

「それからです。お菓子《かし》の空き箱で、ロケットを作りはじめたのは。たくさん作りました。そのたびに妹は、できあがったロケットを手に、はしゃぎまわりました。このロケットでおひさまのところへ行くんだ。そうすれば、毎日お外で遊べるからといって」

篠田はテーブルの上の両手を、ひざに置いた。

「妹が病気で亡《な》くなった翌日《よくじつ》、タイヨウは姿《すがた》を消しました。葬儀《そうぎ》の慌《あわ》ただしさで、だれもタイヨウには注意を払《はら》っていませんでした。ぼく自身、妹が息を引き取ったときのことも、葬儀のことも、まったく記憶《きおく》から抜《ぬ》け落《お》ちています。……だからいまも、妹が亡くなったという実感はありません」

どこからか、「ドッコイドッコイ」という声が流れてくる。海に出ていた神輿《みこし》が戻《もど》ってきて、町内を練り歩いているのだろう。遠いかけ声は、どこか別の世界から聞こえてくるようだ。

「タイヨウはとても賢《かしこ》い犬です。妹の不在《ふざい》をいち早く感じ取って、妹を探《さが》しに行ったのでしょう。だからタイヨウは、ぼくが探し回らなくても、帰るべきときにはきっと帰るはずです。もしかしたら……」

そこまで話して、篠田は口を閉《と》ざした。

豪太郎も黙《だま》ったまま、篠田の言葉を待った。神輿のかけ声が、大きくなったり小さくなったりしながら、鈴《すず》の音と響《ひび》きあうようにリズムを刻《きざ》んでいる。

「妹は太陽に行こうとして、異次元《いじげん》の世界に迷《まよ》いこんでしまったのかもしれません」

篠田の静かな声が聞こえた。

「ぼくはタイヨウの帰りを待ちながら、必死で働いてお金をためます。そのうえで、いつか地球を出ます。十年二十年先には、宇宙《うちゅう》はもっと身近になっているはずです。そして、宇宙を巡《めぐ》って異次元《いじげん》の世界を探《さが》します。妹がひとりぼっちでそこにいるなら、そばに行ってやりたいのです。そのまま帰らない覚悟《かくご》です。焼けて死んでもかまわないと空の果てまで飛んでいった、『よだかの星』に出てくるあのよだかのように」

よだかの星——。

ほかの鳥たちからきらわれ、いじめられてきたよだかが、命をかけて夜空へと飛び立つ。豪太郎の脳裏《のうり》で、どこまでも空高く飛んでいくよだかの姿《すがた》が、灰色《はいいろ》のモデルロケットと重なった。そうしてしだいにそのモデルロケットは、篠田の細身のシルエットへと変わっていった。

十、青い小箱

まだ、朝六時を過《す》ぎたばかりなのに、全身がじっとり汗《あせ》ばんでくる。

豪太郎《ごうたろう》はてのひらで顔を扇《あお》ぎながら、イチョウの並木道《なみきみち》を歩いていた。

すると、大きな門構《もんがま》えの家の片隅《かたすみ》に、割《わ》りばしを刺《さ》したキュウリとナスが飾《かざ》ってあるのが、目に飛びこんできた。お盆《ぼん》には、仏《ほとけ》さまがキュウリの馬に乗って急いでこちらへ帰ってくるように、ナスの牛に乗ってゆっくりあちらへ向かうように精霊馬《しょうりょううま》を飾るんだよと、いつかばあちゃんが教えてくれたのを、豪太郎は思い出した。

篠田《しのだ》の妹も、お盆にはあの家に帰ってくるのだろうか。


もうすぐ夏休みが終わる。

東浜中《ひがしはまちゅう》野球部は、七月に行われた地区大会の決勝戦で、五対六で敗退《はいたい》した。目標だった県大会へは出場できず、三年生の先輩《せんぱい》は引退した。それからは、豪太郎たち二年生がチームの中心となって連日、炎天下《えんてんか》の厳《きび》しい練習を重ねてきた。

そのうえ、「だからねー、二年生の夏休みはほんとうに大切なの」と、倉橋《くらはし》先生が力説したとおり、去年とは比《くら》べものにならないほど多くの宿題が、各教科から出された。

夏休みは、十五人ぞろいの編《あ》みぐるみのひな人形を完成させるはずだったのに、それもまだ、女《め》びなと男《お》びなを作り終えて、ようやく五人囃子《ごにんばやし》の三人目に入ったところだ。

そんな慌《あわ》ただしい毎日に紛《まぎ》れて、豪太郎は一か月近く、篠田と会っていなかった。

作ろうと思えば、いくらでも時間は作れたはずだ。けれども夏祭りの日、篠田の妹の話を聞いてから、豪太郎の心はずっと沈《しず》みがちだった。篠田と会うたびに少しずつ手繰《たぐ》り寄《よ》せてきた細い糸が、するするとまた遠くなってしまった気がする。

そこで今日、豪太郎は部活がはじまるまでの時間に、篠田の家へ行くことにした。

こんな早い時間に訪《たず》ねるのはどうかと迷《まよ》ったが、顔を見るだけでもいいと、思いきって家を出た。

住宅街《じゅうたくがい》の一角に、木のブランコがある家があった。その家の子が、ブランコを揺《ゆ》らして遊ぶのだろう。ここのところ豪太郎は、小さな女の子を見かけるたびに、立ち止まってしまう。三歳《さい》だったといっていた。篠田に似《に》ていたのだろうか。言葉をたくさん覚えはじめたころだったのかもしれない……。

豪太郎の心の中に、篠田の妹のイメージがふくらんでいった。

だがそれは、篠田のさびしげな横顔と重なりあうようにして、ふっと消えてしまう。


オレンジ色の屋根が見えてきた。

ここに来るのは六回目、篠田と会うのは七回目だ。指を折って数えながら、豪太郎はそれだけしか篠田と言葉を交《か》わしていないことに、いまさらながら驚《おどろ》く。

電柱の角を急ぎ足で左へ折れた拍子《ひょうし》に、リュックの中身がころんと転がる気配がした。豪太郎は両肩《りょうかた》のストラップに手を当てて、肩越《かたご》しにリュックをのぞいた。

篠田の家の門から中をうかがうと、庭木の茂《しげ》るすきまに篠田がうずくまっていた。大きな麦《むぎ》わら帽子《ぼうし》をかぶって、軍手をはめている。おまけに長靴《ながぐつ》まではいていた。まるで農家のおじさんだ。いつもの篠田からは想像《そうぞう》もできない姿《すがた》に、豪太郎は思わず笑い出しそうになる。

けれども、妹が庭の花が好きだったという話を思い出したら、口元に浮《う》かんだ笑《え》みも失《う》せてしまった。

篠田が、豪太郎に気づいて顔を上げる。

「彦坂《ひこさか》豪太郎くん。倉橋先生の新着情報《じょうほう》でもありましたか」

軍手の右手で、篠田が汗《あせ》をぬぐった。

頬《ほお》のあたりに、うっすら泥汚《どろよご》れがつく。いつもどおりの篠田に、豪太郎の気持ちは少し楽になった。

「モデルロケットの新作ができてたら、また学校に展示《てんじ》したらどうかなと思ってさ。夏休み明けに、創意工夫作品展《そういくふうさくひんてん》があるんだよ」

あらかじめ用意していたせりふを、豪太郎は口にする。すると篠田は、あっさり首を横に振《ふ》った。

「前にもお話ししたとおり、ロケットは再利用可能《さいりようかのう》です。新しく作る必要はありません」

「あ、そうだったな」

そう答えると、言葉が続かなくなった。

豪太郎は、手持《ても》ち無沙汰《ぶさた》に首を二、三回ぐるぐる回すと、その場にかがみこんで、篠田にならって雑草《ざっそう》を抜《ぬ》きはじめた。草いきれのこもった風とともに、ふたりのあいだに沈黙《ちんもく》が流れる。

しばらくして篠田が、

「ちょっと、海でも散歩しませんか」

と、立ち上がって腰《こし》を伸《の》ばした。スリムな黒のパンツから、ぱらぱら土がこぼれ落ちる。

豪太郎は「えっ」と、反射的《はんしゃてき》に家の二階に視線《しせん》を走らせた。

「母は今日、祖母《そぼ》とおばが病院へ連れていきました。車で一時間半ほどかかるので、朝早く出なければなりません。でも、病院の近くに植物園があって、母はそこに寄《よ》るのが唯一《ゆいいつ》の楽しみなのです。心を病《や》むまでは、ガーデニングが趣味《しゅみ》でしたから。一か月に一度の受診《じゅしん》と植物園の散策《さんさく》が、母の数少ない外出なのです」

……ってことは、篠田がおかあさんの介護《かいご》から解放《かいほう》されるのは、月に一度。

豪太郎は、心の中でため息をつく。

「それじゃ今日は、おれがジュースをおごるよ」

篠田は目の縁《ふち》だけで笑って、軍手を外した。

そうして、いったん家の中に入って、長靴《ながぐつ》をスニーカーにはき替《か》えて出てくると、玄関《げんかん》にカギをかけた。


海岸へは、ゆっくり歩いて二十分ぐらいだった。

南へまっすぐ伸びる通りを進んでいくうち、しだいに舗道《ほどう》にざらざらした砂《すな》が混《ま》じりはじめる。海岸道路を横断《おうだん》したあたりで、波の音が聞こえてきた。

ふたりの耳に、潮騒《しおさい》だけがやけに大きく響《ひび》いている。豪太郎がなにか話そうとするたび、口元に浮《う》かびかけた言葉は、煙《けむり》のようにゆらゆら立ちのぼって、潮風に紛《まぎ》れていった。

豪太郎はオレンジジュース、篠田はお茶のペットボトルを手に、砂浜《すなはま》へ下りた。

離岸流《りがんりゅう》が発生するこのあたりは、遊泳禁止《きんし》になっている。夏場でも人影《ひとかげ》の少ない、静かな浜だった。割《わ》れた貝がらが波もようを描《えが》く海岸線に沿《そ》って、ふたりは浜辺を黙々《もくもく》と歩いた。

そのうちに足が重たくなって、ひざから下に力が入らなくなってきた。

豪太郎と篠田は息をついて、波打《なみう》ち際《ぎわ》から少し離《はな》れた砂の上に並《なら》んで座《すわ》った。

「こういうの、体育座りっていうんですよね」

篠田はそんなことをいいながら、閉《と》じた足を両腕《りょううで》で抱《かか》えこむようにした。

遮《さえぎ》るもののない太陽の光が、波間を明るく照らし出している。

豪太郎はペットボトルのキャップをひねって、オレンジジュースを飲んだ。果汁《かじゅう》百パーセントの酸味《さんみ》が、渇《かわ》いた全身に染《し》みわたる。

「篠田も遠慮《えんりょ》しないで……」

といいかけた豪太郎の背中《せなか》に、激《はげ》しい衝撃《しょうげき》が走った。

不意打ちを食らって体勢《たいせい》を崩《くず》した豪太郎に飛びつく、こげ茶のかたまり。

「ベンチ！」

「ラッキー！」

ふたつの叫《さけ》び声《ごえ》が重なりあう。

舌《した》を長く出して豪太郎を見上げる大きな黒い目は、紛《まぎ》れもない、動物愛護《あいご》センターで出会ったベンチだ。

ベンチは、センターにいたときよりふっくらして、毛並《けな》みもつややかだった。豪太郎が立ち上がってベンチを抱《だ》きしめると、ベンチはすかさず、豪太郎の顔じゅうをなめ回した。

「いやだ、ラッキーったら。すみません、いきなり駆《か》け出《だ》すからリードを離《はな》しちゃって」

若《わか》い女の人が、「こら、ラッキー」といいながら、ベンチを豪太郎から引き離そうとする。

だがベンチは、豪太郎にしがみついたまま離れようとしない。

「ラッキー、だめでしょ……。あっ、もしかしてあなた、ラッキーのもとの飼《か》い主《ぬし》?」

女の人の顔に、さっと警戒《けいかい》の色が走った。ベンチにかけた手に力がこもる。

「この犬、動物愛護センターに保護《ほご》されていたベンチですよね。ぼくたち、職場《しょくば》体験でベンチの世話をしたんです」

豪太郎と篠田は、職場体験でのいきさつを詳《くわ》しく説明した。

ふたりの話を聞いて、女の人のからだからようやく力が抜《ぬ》けた。

「そうだったのね。ラッキーの、あ、ラッキーって名前にしたんだけど、もとの飼い主がラッキーを連れてっちゃうんじゃないかと思って、めちゃくちゃ焦《あせ》っちゃった。ラッキーはわが家の大切な家族なの。手放すなんてぜったいにできないわ」

女の人はベンチをやさしくなでながら、きっぱりそういった。

愛護《あいご》センターで、白いおなかを無防備《むぼうび》にさらしていたベンチ。ベンチはきっとあんなふうにして、毎日この女の人に甘《あま》えているのだろう。

センターには、卒業していった動物たちの写真が掲示《けいじ》されていた。

そこに新たに、ベンチの写真が加わっていることだろう。豪太郎の脳裏《のうり》に、ボードを取《と》り囲《かこ》むように書かれていた、

「みんなしあわせになったよ」

という文字が、くっきりと浮《う》かんだ。

豪太郎は抱《だ》いていたベンチを、砂《すな》の上に下ろしてやった。するとベンチは、まるで子犬のように無邪気《むじゃき》に豪太郎の周囲《しゅうい》を走り回った。女の人が「ラッキー」と呼《よ》びかけても、振《ふ》り向《む》きもしない。

女の人は、ベンチの背中《せなか》を軽くたたきながら、

「ラッキーってけっこう人見知りするくせに、なぜか、ちょっと気が弱そうな男の人にはなつくのよね」

といった。篠田がぷっと吹《ふ》き出《だ》す。

豪太郎はむっとして、

「ベンチ、それ、ほんとうか？」

とベンチの顔をのぞきこんで、怖《こわ》い顔をしてみせた。するとベンチは、

「ワン！」

と高らかにひと声鳴いて、三人を笑わせた。

豪太郎の足元にじゃれつくベンチの相手をしながら、三人は愛護《あいご》センターでのことや、日ごろのベンチのようすなどについて、ひとしきりしゃべった。

「海岸を散歩するのが日課だから、ラッキーに会いたくなったらここに来てね」

女の人はそういってふたりに手を振《ふ》ると、ベンチを促《うなが》して歩き出した。

赤いリードにつながれたベンチは、何度も豪太郎を振り返っては、ふさふさした茶色いしっぽを大きく振っていた。

「よかったなあ、ベンチ」

小さくなっていくベンチを見送りながら、豪太郎は目を細めた。横に並《なら》んでいる篠田も、穏《おだ》やかにほほえんでいる。

「おれ、篠田に聞いてみたいことがあってさ」

ふと思いついて、豪太郎がいった。

「なんでしょうか」

「どうでもいいことなんだけど、篠田って携帯《けいたい》持ってないの？　おれに電話してくるのも固定電話だし、ロケットの打ち上げのビデオも、スマホで撮影《さつえい》したものじゃなかったから」

首を左に回しながら、豪太郎は篠田を見た。

前髪《まえがみ》が海風に激《はげ》しくなびいている。篠田は、乱《みだ》れた髪を押《お》さえながらいった。

「ＳＮＳやユーチューブは、情報《じょうほう》を得《え》るためのツールなのでしょうが、逆《ぎゃく》だと思います。むやみに情報が流れこむことで、かえって見えなくなるものがあるのではないでしょうか」

豪太郎はドキッとして、ポケットの上からスマートフォンに触《ふ》れた。

「家にばかりいて外の世界を知らない妹でしたが、妹の瞳《ひとみ》は澄《す》んでいました。テレビを見ていても、すぐに疲《つか》れてしまうのです。そんな妹の瞳には、情報の海を泳いでいるぼくたちには見えないなにかが、見えていたのだと思います」

豪太郎は、静かに目を閉《と》じてみる。

陽光だけがうっすらにじむまぶたの裏《うら》に、いつかふたりで見た蛍《ほたる》のまたたきが蘇《よみがえ》る。生《お》い茂《しげ》る草むらで点滅《てんめつ》していた淡《あわ》い光も、川辺をなぞるように流れていった黄色い光の筋《すじ》も、あのときよりずっと鮮《あざ》やかに、豪太郎のまぶたに浮《う》かびあがってきた。

「宇宙《うちゅう》は神秘《しんぴ》に満ちています」

篠田が、青くにじむ水平線をながめながらいった。

「その、計り知れない神秘を探《さぐ》るために必要なのは、ちまたにあふれる情報《じょうほう》ではなく、感性《かんせい》ではないでしょうか。研《と》ぎ澄《す》まされた感性がなければ、異次元《いじげん》の世界への入り口は見つけられません。妹の呼《よ》ぶ声も、タイヨウの鳴き声も、聴《き》きわけられないでしょう」

雲の切れ間から、幾筋《いくすじ》もの光が放射状《ほうしゃじょう》に差しこんでいる。

まっすぐに伸《の》びてくる光の道は、ガラスのかけらをちりばめたようなさざ波を、明るく映《うつ》し出《だ》していた。

「行くなよ」

豪太郎の口から、自然と言葉がこぼれた。

「えっ」

「宇宙《うちゅう》。ずっと地球にいろよ。おれも篠田もベンチもみんな、命の舞台《ぶたい》はここなんだよ」

「命の舞台はここ……」

篠田が問いかけるような瞳《ひとみ》で、豪太郎を見つめている。いいたいことはたくさんあるのに、豪太郎はもうそれ以上なにもいえなかった。

豪太郎の背中《せなか》が、ことりと揺《ゆ》れた。

リュックを下ろし、豪太郎はかたわらの流木の上に置いた。ファスナーを開けて、中を探《さぐ》る。そして豪太郎は、青い包装紙《ほうそうし》に包まれた小さな箱を取り出した。

無言のまま、豪太郎が小箱を篠田に差し出す。

篠田も無言で受け取って、包装紙をていねいに開ける。

ふたを開いて中をのぞきこんだ篠田の目が、大きく開かれた。

「これは……」

「篠田へのプレゼント」

青い小箱から出てきたのは、ぶたの編《あ》みぐるみだった。

白い毛糸で編まれた編みぐるみは、ぶたにしては面長《おもなが》だった。丸いビーズの目に、黒い針金《はりがね》でできたメガネをかけている。上向き気味の鼻が、賢《かしこ》そうな雰囲気《ふんいき》だ。灰色《はいいろ》のロケットを抱《かか》え持《も》って、得意《とくい》そうな表情《ひょうじょう》を浮《う》かべていた。

「最高傑作《けっさく》です。とくにしっぽが」

篠田がくるんと丸まったしっぽをつまんで、ぱっと離《はな》してみせた。

からだの割《わり》に、太めのしっぽだった。しっぽは白色ではなく、カラフルな混《ま》ざり毛糸で編まれていた。かなり派手《はで》なしっぽだが、違和感《いわかん》なくなじんでいる。

「なんでもありだろ。おれも変わってるけど、篠田はもっと変わってるもんな。なんだか篠田といると、おれはおれだって思えるんだ。だから……行くなよ。篠田が地球からいなくなったら、なんていうか……そう。地球が、さびしがるんじゃないか」

篠田は、黙《だま》ってぶたを見つめていた。

しっぽを引《ひ》っ張《ぱ》っては離《はな》し、離しては引っ張りを繰《く》り返《かえ》している。無心に人形遊びをしている子どものようだ。

そのうち、篠田の目に涙《なみだ》が盛《も》りあがってくる。

見て見ぬふりをして、豪太郎は視線《しせん》を波間に移《うつ》す。

「この強風で、目にごみが入りますねえ」

篠田の声はかすかに震《ふる》えていたが、今日の青空のようにからっと明るかった。

豪太郎は、大きく息を吸《す》いこんだ。

海のエネルギーが、まるごと胸《むね》に満ちてくる。と、同時に、豪太郎の意識《いしき》が現実《げんじつ》に引《ひ》き戻《もど》された。

「やっべー。部活、はじまっちゃってるよ！」

豪太郎はあたふたとリュックを背負《せお》うと、海岸道路のほうへ二、三歩歩き出した。

そして、篠田に背を向けたまま、

「おれ、二学期から家庭部に入部することにしたんだ。野球部と兼部《けんぶ》で」

と、いった。

篠田が「ほおっ」と、やわらかい声を出す。

「それは朗報《ろうほう》ですね。……では、すみませんが、ぼくからは悲報を。倉橋先生が、秋にご結婚《けっこん》されるそうです」

首だけゆっくり回して、豪太郎は篠田を振《ふ》り返《かえ》った。

気の利《き》いた言葉のひとつもいいたいが、唇《くちびる》が引きつって動かない。それでも豪太郎が無理やり口を開こうとすると、いきなりしゃっくりが出てきた。

「予想以上の傷心《しょうしん》ですね」

こめかみに指先を当てて、篠田が大げさにため息をついた。篠田は軽くまぶたを閉《と》じて、呼《こ》吸《きゅう》を整えるようにしている。

一回、二回、三回……。

十回ぐらい繰《く》り返《かえ》したところで、篠田はこめかみから指を離《はな》して、ぼそっとつぶやいた。

「ぼくが学校に行くしかありませんね」

豪太郎はつばを飲みこんで、からだ全体の向きをくるりと変えた。篠田の頭のてっぺんから足先まで、そろそろと視線《しせん》を滑《すべ》らせていく。

「彦坂豪太郎くんが、失恋《しつれん》のショックから立ち直れるか心配です。それに、家庭部でうまくやっていかれるかも。倉橋先生のことも家庭部のことも、ぼくに責任《せきにん》がないとはいいきれませんからね。……やはり、ぼくが学校に行かざるを得《え》ないでしょう。もちろん、毎日というわけにはいきませんが」

世間話でもしているような軽い調子で、篠田がいった。

聞きなれた冷ややかな声を耳にして、思考を止めていた豪太郎の頭の中が、フルスピードで回転しはじめる。

「マジで？」

豪太郎が大きく足を踏《ふ》み出《だ》して、篠田の腕《うで》を乱暴《らんぼう》につかんだ。

「学校に来るってほんとか。信じられないよ。でもおれは心の隅《すみ》で、いつか来てくれるんじゃないかって思ってたんだ。いやー、それにしてもよく決心したな。篠田は、勉強のほうは心配ないんだ。運動だってなんとかなるだろう。問題は人間関係だ。けっこうクセのあるやつ、うちのクラスにもいるんだよ。だけど……」

「そんな調子だから、ぼくが登校しなければならないというんです！」

延々《えんえん》と続く豪太郎の話を遮《さえぎ》って、篠田がぴしゃりと告《つ》げた。

「野球部と家庭部を両立させるんですよね。だったらいますぐ、野球部の練習に参加すべきでしょう。こんなところで油を売っている暇《ひま》など、ないはずですよ」

「そうだ、野球部の練習だ」

豪太郎が、はっと顔を上げた。

「倉橋先生の結婚《けっこん》、まあ、ショックといえばショックだ。だけど、篠田が学校に来るって聞いたら、そんなのどっかへすっ飛んじゃったよ。はっはっは……」

豪太郎の高笑いが、乾《かわ》いた砂浜《すなはま》にむなしく吸《す》いこまれていく。

そんな豪太郎を見て、篠田は目元に笑《え》みをにじませた。それから軽く咳払《せきばら》いをすると、ゆっくりといい含《ふく》めるように、豪太郎に語りかけた。

「いずれにせよ、倉橋先生のご結婚はおめでたいことです。心から祝福しましょう」

豪太郎が篠田を見る。

篠田も豪太郎を見る。

視線《しせん》でふたりがうなずきあった。

豪太郎はリュックを背負《せお》い直《なお》すと、脇目《わきめ》も振《ふ》らずに海岸道路を目指して駆《か》け出《だ》した。よろめきながら走る足跡《あしあと》が、くっきりと砂に刻《きざ》まれていく。

道路へと続く砂山の途中《とちゅう》で突然《とつぜん》、豪太郎が、

「あっ、そうそう」

と、振り返った。

「おーい、篠田。篠田の席、窓側《まどがわ》の一番うしろだからなー」

浜辺にひとりたたずむ篠田を見下ろして、豪太郎が大声で叫《さけ》ぶ。

豪太郎を見つめる篠田のてのひらには、ぶたの編《あ》みぐるみがのっていた。

ぶたは明るい陽光をいっぱいに浴びて、生き生きと輝《かがや》いている。まるで、太陽からこぼれる光のつぶが、ぶたに新しい命を注いでいるみたいに。

夏の終わりの日差しがまぶしい。

篠田に向かって大きく手を振《ふ》る豪太郎の目に、ぶたのしっぽが虹色《にじいろ》に浮《う》かびあがって見えた。

あとがき 「みえないものをみつめて」

人間にとっての瞬間《しゅんかん》とは十八分の一秒（約0.056秒）である——

國分功一郎《こくぶんこういちろう》さんの『暇《ひま》と退屈《たいくつ》の倫理学《りんりがく》』に、ユクスキュルの言葉として書かれていました。十八分の一秒以内で起こることは人間には感覚できない。したがって、人間にとって十八分の一秒とは、それ以上分割《ぶんかつ》できない最小の時間の器《うつわ》である。人間にとっては十八分の一秒のあいだに起こる出来事は存在《そんざい》しない。

これを読んだとき、畏《おそ》れと不安が入《い》り混《ま》じったような、得体《えたい》の知れない感情《かんじょう》に押《お》しつぶされそうになりました。ところがその少しあとで、胸《むね》の底がばあっと明るくなっていったのです。

そうか。その十八分の一秒間では、どんなことだって起こりうるんだ！

物語を紡《つむ》いでいると、負い目というか罪悪感《ざいあくかん》というか、そんなうしろ暗い思いにとらわれることがあります。わたしはほんとうに、「真実」を書いているのだろうか。これは、「うそ」で塗《ぬ》り固《かた》められた話ではないだろうか、と。

けれども十八分の一秒を知って、肩《かた》のあたりがすっと軽くなりました。超常現象《ちょうじょうげんしょう》とかあの世などといった、ぼんやりとかすんだ世界とはまた別のところに、人間の知らない場所がたしかにあるというのです。創作《そうさく》活動は、その0.056秒のすきまを、ていねいに心をこめて埋《う》めていく作業なのだと、背中《せなか》を押《お》されるような気持ちになりました。

みえてはいるが誰《だ》れもみていないものをみえるようにするのが、詩だ

詩人の、長田弘《おさだひろし》さんの言葉です。「詩」を「物語」に置《お》き換《か》えて、読んでくださった方が元気になれるような作品を、書き続けていきたいと思います。

最後になりましたが、選考委員の斉藤洋《さいとうひろし》先生、富安陽子《とみやすようこ》先生、山極寿一《やまぎわじゅいち》先生、あたたかいお言葉をいただきましてありがとうございました。出版《しゅっぱん》というすばらしい機会を与《あた》えてくださいましたちゅうでん教育振興財団《しんこうざいだん》のみなさまには、心より感謝《かんしゃ》を申しあげます。挿絵《さしえ》を描《か》いていただいた嶽《だけ》まいこ先生には、この作品に新しい命を吹《ふ》きこんでいただきました。講談社《こうだんしゃ》の田久保遥《たくぼはるか》さんの細かいご配慮《はいりょ》と適切《てきせつ》なアドバイスは、いつも心の支《ささ》えでした。

ここには書ききれないたくさんの方のおかげで、『ぶたのしっぽ』を形にすることができました。

そして、この本を読んでくださった方々、ほんとうにありがとうございます。

みなさまの心の片隅《かたすみ》に、豪太郎《ごうたろう》や篠田《しのだ》がいつまでも生き続けることを願っています。

海緒《うみお》　裕《ゆう》

ちゅうでん児童文学賞 受賞作品

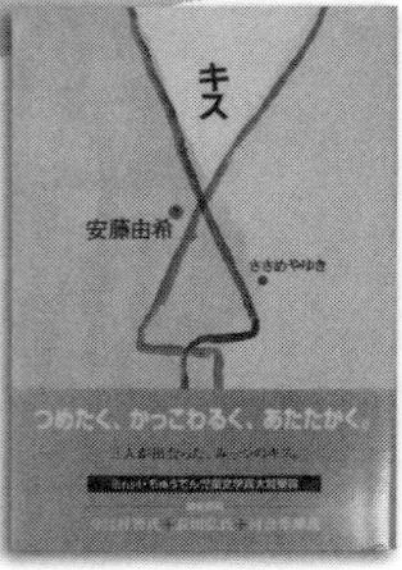

キス
安藤由希 作　ささめやゆき 絵
BL出版

ニコルの塔
小森香折 作　こみねゆら 絵
BL出版

ニメートル
横山 佳 作　高畠那生 絵
BL出版

時の扉をくぐり
甲田 天 作　太田大八 絵
BL出版

みどパン協走曲
黒田六彦 作　長谷川義史 絵
BL出版

赤いペン
澤井美穂 作　中島梨絵 絵
フレーベル館

いっしょにアんべ!
高森美由紀 作　ミロコマチコ 絵
フレーベル館

カントリー・ロード
阪口正博 作　網中いづる 絵
BL出版

わたしの空と
五・七・五
森埜こみち 作　山田和明 絵
講談社

とうちゃんと
ユーレイババちゃん
藤澤ともち 作　佐藤真紀子 絵
講談社

ショクパンのワルツ
ながすみつき 作　吉田尚令 絵
フレーベル館

ベランダに手をふって
葉山エミ 作　植田たてり 絵
講談社

みつきの雪
眞島めいり 作　牧野千穂 絵
講談社

夕焼け色の
わすれもの
たかのけんいち 作　千海博美 絵
講談社

ブルーライン
から、はるか
林 けんじろう 作　坂内 拓 絵
講談社

雪の日に
ライオンを見に行く
志津栄子 作　くまおり 純 絵
講談社

シャンシャン、
夏だより
浅野 竜 作　中村 隆 絵
講談社

海緒《うみお》 裕《ゆう》

神奈川県出身。2024年、本作『ぶたのしっぽ』が第26回ちゅうでん児童文学賞大賞を受賞し、デビュー。

講談社❖文学の扉

ぶたのしっぽ

2025年 4 月10日　第1刷発行

作／海緒《うみお》 裕《ゆう》

絵／嶽《だけ》 まいこ

発行者／安永尚人

発行所／株式会社講談社

〒112-8001　東京都文京区音羽2-12-21

電話　編集 03-5395-3535

販売 03-5395-3625

業務 03-5395-3615

印刷所／共同印刷株式会社

製本所／株式会社若林製本工場

本文データ制作／講談社デジタル製作

装丁／城所潤（JUN KIDOKORO DESIGN）

Printed in Japan　N.D.C.913　175p　20cm　ISBN978-4-06-539172-3